「すごいよ、すごい！
こんなの初めて見る！」
はしゃぐ彼女――魔法師団治癒部長・コトは、
目をキラキラと輝かせていた。

「初めての王都と初めてのお買い物が幸運始まりで嬉しいです」
うまぁぁぁぁ！
僕も食べる!!

「順番に案内しますよ、アディーテ」
師団長様と街中お忍びデート
with もふもふ精霊！

彼はフワリと優しく微笑んで、掠めるようにやんわりと、私の頬に触れてきた。

「――夜闇の中、二人きりですね、アディーテ」

ひんやりとした彼の指先に、一瞬思考が停止する。

しかし後追いで、彼の言葉の意味を理解して。

「れ、れっきとしたお仕事です！」

祝・聖女になれませんでした。
このままステルスしたいのですが、悪役顔と精霊に
愛され体質のせいでやっぱり色々起こります
2
Presented by Yasaibatake
野菜ばたけ
Illustrated by
ののまろ

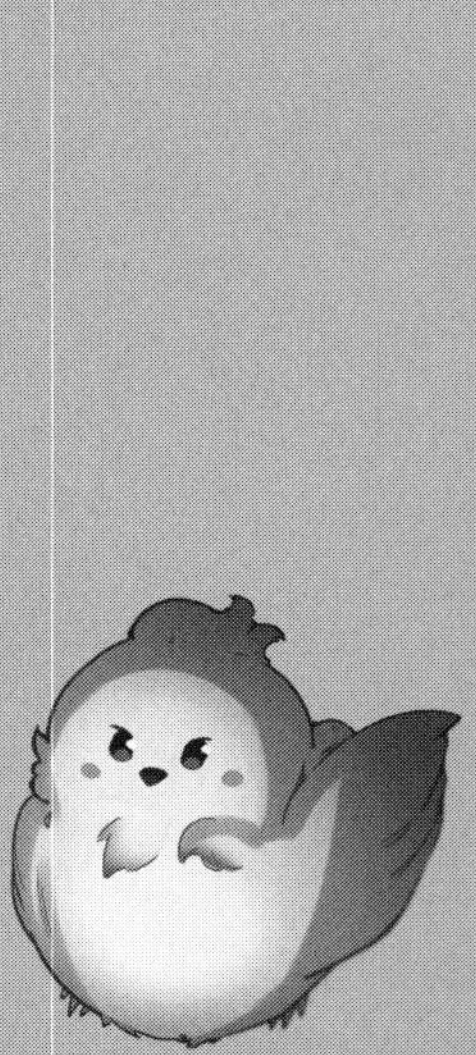

口絵・本文イラスト◉ののまろ

Contents

プロローグ

「おぉぉぉぉぉぉおお！　これは!!」

治癒部《ちゆぶ》の魔法薬《まほうやく》制作室。そう呼ばれている場所の中心で、突然《とつぜん》大きな雄叫《おたけ》びが上がった。

声の主は、オーバーサイズの白衣を着た、小柄《こがら》な女性。彼女《かのじょ》——魔法師団・治癒部長のコトは、『目は口ほどに物を言う』という言葉をよく物語った煌《きら》めく瞳《ひとみ》で、魔法薬の調合《ちょうごう》鍋《なべ》を両手で天に掲《かか》げている。

「すごいよ、すごい！　こんなの初めて見る！」

　鍋の中に入っているのは、私が学園在学中以来久しぶりに調合した、本来はただの中級ポーションだった筈のもの。

「師団の治癒部っていうのはね、この国の薬学の最高峰《さいこうほう》。薬学知識の泉なのさ。なんせこの私自身が、あらゆる場所の薬学情報を噂《うわさ》レベルまで収集《しゅうしゅう》して、必要があればどんな場所にだって自ら足を運んでいるのだからね！　なのに、初見！　こんなのは知らない!!　つまりだね！」

早口にそこまでまくし立てると、彼女は作業テーブルの前に座《すわ》っている私に、ズイッと詰《つ》め寄ってきた。

「君は今、私の目の前で新種のポーションを作り出した可能性が限りなく高いっていう事だよ！　何だい⁈　この『飲んだ人を中心に、半径二十メートル以内の全員をヒーリングするポーション』って！」

「えぇと」

着席している私よりも若干《じやつかん》背が低いせいで、彼女は必然的に私を見上げる体勢だ。しかしそれでも圧が強い。彼女の好奇心《こうきしん》に圧《お》されて、思わずたじろぎ視線を逸《そ》らす。

「っていうか、ポーションに風魔法《かぜまほう》を混ぜ込《こ》むなんて、一体どんな発想だい⁈」

「それは……」

「再現性は？　量産は⁇　いや、その前に作り方だ！」

自分でも「おそらくよろしくないものを作ってしまったのだろう」という自覚はあった。

いや、彼女の反応を見れば、薬学の進歩的にはいい事なのは一目瞭然《いちもくりようぜん》だ。しかし私にとっては、せっかく今築けている『一介《いつかい》の魔法師団員』という立場を、揺《ゆ》るがすかもしれない可能性。そうおいそれと喜べない……というのが素直《すなお》な気持ちである。

返答を待つ彼女に困ってチラリと『元凶《げんきよう》』の方を見ると、長い耳の白い友人――シルヴエストが、「やっちゃった」と言わんばかりの顔になっていた。

黄金色《こがねいろ》の彼《かれ》の瞳に誤魔化《ごまか》そうとする意思はなさそうだから、おそらくこれは彼にとっても、不可抗力《ふかこうりょく》の末の事故なのだろう。しかしそれは正直言って、今はあまり関係がない。

どどどどどどど、どうしよう。

シルヴェストに――精霊《せいれい》に関係のある事を、彼女にすべて正直に話すわけにはいかない。しかし向けられているまっすぐな期待の眼差《まなざ》しに、「中途半端《ちゅうとはんぱ》に話しても、どこまでも問い詰めてくる気がする」と思わずにはいられない。

とりあえず外面を取り繕《つくろ》って、焦《あせ》りは表に出さないように頑張《がんば》った。しかし単に、私の人生史上最凶の悪役面を作ってしまっただけのような気がしてならなくて。

誰《だれ》か助けてーっ！

今の私にできるのは、心の中でそう叫《さけ》ぶ事くらいだった。

第一章　治癒部を訪問してみました。目立つ気はありませんでした

王城の二階・ゲストルームでの目覚めも、もうすっかり「いつもの朝」だ。

着慣れた訓練服に袖《そで》を通し、鏡の前へと座る。青いリボンで髪《かみ》を一つにまとめて、一人小さく「よし」と呟《つぶや》く。

するとまるで見計らったかのようなタイミングで、ちょうど扉《とびら》がノックされた。

「もう準備できてる？　アディーテ」

「今行きます」

少し高めの男性の声にそう答えながら、すぐ側にある銀色のバングルを手に取った。

つい先程《さきほど》まで楽しげに私の辺りを飛んでいたたくさんの光の球体たちが、まるで蜘蛛《くも》の子を散らすかのように、ワーッと一斉《いっせい》に退散していく。

流石《さすが》は精霊除《せいれいよ》けのバングル――古代魔道具《アーティファクト》の威力《いりょく》。いつもの事ながら感心しつつ、彼らが壁《かべ》をすり抜《ぬ》けて行くのを最後まで見届けた後で、私はそれを手首に通した。

《今日も訓練、頑張ってね》

下級精霊たちがいなくなり静かになった景色の中に残った大切な友人が、私の肩《かた》にチョンと乗りながら言う。

頬《ほお》にモフッと当たる、彼の白い体毛が、温かくて柔《やわ》らかくて気持ちいい。思わず笑顔《えがお》になりながら、小声で「ありがとう、シルヴェスト」と答えて、私は部屋の扉を開けた。

「おはようございます、アランドさん」

扉の前で待ってくれていた、おかっぱの髪の彼にも挨拶《あいさつ》をすると、すぐに「おはようアディーテ」と声が返ってくる。

「早く行こう。さっき見たら、副団長がもう準備運動をしてた」

「昨日はシード、会議の出席に書類仕事にと、一日中室内でしたからね」

早々に歩き出した彼の呆《あき》れ気味《ぎみ》な一言に、私は思わずクスリと笑った。

そうでなくてもあの方は、魔法師には珍《めずら》しく自らの体を鍛《きた》え上げる事を日々の楽しみにしている。そんな方が、昨日一日ウズウズしながら内勤をしていたのである。朝から張り切って準備運動を始めている姿も、少しでも時間に遅《おく》れたら「遅《おそ》いわよ！」と怒《おこ》るだろう顔も、容易に想像がついてしまう。

おそらくアランドさんも、似たような想像をしたのだろう。目が合った彼が、眼鏡をクイッと上げながら苦笑《くしょう》を返してきた。

得られた彼の同調に、少しくすぐったい気持ちになる。

そんな私の顔がおそらく、廊下《ろうか》をすれ違《ちが》う方たちにとっては『企み顔《たくらがお》』に見えたのだろう。皆《みな》、恐怖《きょうふ》に肩をビクつかせたり、お連れの方と何やらヒソヒソと囁《ささや》き合ったりしながら、すぐ横を通り過ぎていく。

周りのこういう反応を見る度《たび》に、まったく動じないアランドさんたち師団の方々には、感謝と感心の気持ちが芽生える。

しかし彼らの事である。私がそれらの気持ちを口にしたところで、十中八九、異口同音に「私たちが見た目ごときで人間を測る人間だとでも？　アンタ、喧嘩《けんか》売ってんの？」と言うだろう。

私を受け入れてくれた彼らに、わざわざそんな事を言わせる失礼は私も働きたくない。だから敢《あ》えて言わない。そういう習慣が最近は私にもできた。

「あ、そうだ。忘れないうちに言っておいていい？」

「何です？」

「さっきここに来る前に師団長に偶然《ぐうぜん》会ってさ、一つ伝言を頼《たの》まれたんだ。『手が空いたら師団長室に来てください』だって。多分あの言い方なら、一通りの訓練が終わった後でいいと思うけど」

セリオズ様が私を呼び出すなんて、珍しい。そう思い、目をパチクリとさせる。

いつもは彼が何かの合間に訓練の様子を見に来た時に、ついでに用事を済ませていく。

そんな彼がわざわざ呼び出すなんて、一体何の用事だろう。

少なくとも私に心当たりはない、けど……。

（シルヴェストも、心当たりとかないよね……？）

肩に乗っているウサギにも、一応確認《かくにん》を取ってみる。すると彼はシレッと言った。

《ないよ、あの常時笑顔の優男《やさおとこ》には》

（には？）

その言い方だと、まるで他の方には何かした自覚があると言っているように聞こえる。

そんな私の疑問もとい疑心に、おそらく彼も気が付いたのだろう。ヤベッという表情になったかと思うと、早々に口笛を吹《ふ》くようなそぶりを見せながら、フワフワと肩から宙に飛んでいく。

あぁこれは。

（シルヴェスト、また殿下《でんか》にイタズラしてきたのね？）

シルヴェストのいつもの「知らないふり」に、心当たりを携《たずさ》えて一歩踏《ふ》み込んでみると、すぐさま《そんな大袈裟《おおげさ》なものじゃないよ》という弁解が返ってきた。

《昨日たまたま、偽聖女《にせせいじょ》に夢中な通りがかりの色ボケ王子を見つけたからさ、ちょーっとその顔面に、使いかけの濡《ぬ》れ雑巾《ぞうきん》を風でけしかけてみただけさ》

彼は《危害は全然加えてないから、安心して？》と更《さら》に付け加えるけど、安心できる筈がない。水気を含《ふく》んだ汚《よご》れ雑巾が飛んでいき、殿下の顔面にベチンと音を立てて張り付いた様を想像して、私は思わずギョッとする。

シルヴェストは私に嘘《うそ》をつかない。彼が「危害を加えていない」というのなら、きっと殿下に怪我《けが》はなかったのだろう。

しかし、そんな屈辱的《くつじょくてき》な粗相《そそう》を受けたあの殿下が、ただ「怪我はなかったし、不運な事故なのだから仕方がない」で済ませる想像がどうしてもつかない。

たとえば、その雑巾を使っていたメイドの処遇《しょぐう》は……？　そう想像するだけで、顔からサァーッと血の気が失《う》せる。

しかしシルヴェストは、そんな私の思考を見透《みす》かしたのか。胸を張って《その辺は抜かりないよ》と口にした。

《アディーテが気にすると思ったからね。あいつがそれを雑巾だって気付かないように、ちゃんとうまくやってやったよ！》

どうやってうまくやったのかまではよく分からないけど、とりあえずメイドに被害《ひがい》はないようだ。ホッと胸を撫《な》でおろしながら、ならまぁいいかと考える。

「あ、ところでアディーテってさ」

アランドさんから再び声をかけられ、シルヴェストから彼に視線を戻《もど》した。

彼は、私にとってはもう随分《ずいぶん》と雑談し慣れた相手だ。今更《いまさら》何を聞かれたところで、大抵《たいてい》の事には言葉も詰まらない。

だからこれは稀《まれ》な事だった。

「何で師団長の事を『セリオズ様』って呼んでるの？　師団では皆『師団長』って呼ぶでしょ？　名前呼びしてるのなんて、アディーテくらいだと思うけど」

思わず目を泳がせる。

非常に切実な理由がある……のだけど、それを説明するためには私の秘密に触《ふ》れなければならない。

もちろん彼らが、私の秘密を無暗《むやみ》に言いふらすような方たちだとは思っていない。しかし教えてしまうには、まだ私の決意が足りない。

「あ、もしかして名前呼びなのって、前から師団長と交流があったとか？」

「え」

「二人とも貴族同士だし、何ならお互《たが》いに上級貴族だし？」

そういう繋《つな》がりがあってもおかしくない間柄《あいだがら》だと思ったのだろう。

実際に、もしセリオズ様が今も尚《なお》社交界に顔を出していて、私の顔が『企み顔』と呼ばれるようなものでなければ、そういう未来もあったのかもしれない。しかしどちらもあり得ない可能性だ。もちろんそんな事情などない。

それでも私は、敢えて否定はしない道を選んだ。

「その……最初はけじめのために私も『師団長様』とお呼びしていたのですが、セリオズ様から『他人行儀《ぎょうぎ》だ』と言われてしまって」

そう言いながら曖昧《あいまい》に笑えば、アランドさんは私が先程の問いの答えに「是《ぜ》」と返したと思ったらしい。

「なるほどね。平民の僕《ぼく》には貴族の世界のあれやこれやは分からないけど、そっちはそっちで何か色々と、ものすごく面倒臭《めんどうくさ》そうだよね」

苦笑交じりに、同情を向けてくれる。

しかし私は、それには「いいえ」と明確に首を横に振《ふ》った。

「貴族社会の面倒臭さに関しては、おそらく私は他の方たちより、随分と楽をさせてもらっていると思います。この顔のお陰《かげ》で他貴族からはいつも遠巻きにされていましたから、誰かとのかけ引きや人付き合いで苦心する事はほぼありませんでしたし」

それこそ貴族のしがらみに関しては、ほぼ未体験なのではないだろうか。

集団行動や楽しい経験を共有できる存在にこそ多少の憧《あこが》れはあったけど、少なくとも私は、誰かと懇意《こんい》になる事によって生まれる面倒事《めんどうごと》にまで、羨《うらや》ましさを抱《だ》いた事はない。

そう思うとこの生まれつきの人相の悪さは、いい『面倒事除《よ》け』になっていた筈だ。

そんな私の返答が、アランドさんには予想外だったのだろう。一瞬《いっしゅん》キョトンとした後で、彼は何故《なぜ》か楽しそうに笑った。

「アディーテ、最近ちょっと前よりも、前向きな物の考え方をするようになったよね」

「そうでしょうか」

「そうだよ。師団入りしたばかりの頃《ころ》なら、今のとか多分『分かりません。私はそもそも周りから遠巻きにされていましたから……』とかで終わってそうじゃない？」

言われてみれば、たしかにその頃の私なら、バツが悪くなって苦笑交じりに一般《いっぱん》貴族と違う自分を、仕方がないと諦《あきら》めながらも、心のどこかで悲観的に思っていただろう。

しかし、もし私が変われたのだとしたら、その変化は私の努力などではなく。

「環境《かんきょう》に恵《めぐ》まれたお陰ですね」

何の心のしこりもなく、自分の人相の悪さを「幸運だ」と思えている自分が、少しばかり誇《ほこ》らしい。

それが口角の角度に出たのと同時に、アランドさんの「アディーテがアディーテらしく頑張っているからこその恵まれた環境だと、僕は思うけどね」という言葉が返ってくる。

あぁ、環境だけじゃない。私は人にもつくづく恵まれている。

そんなふうに思ったところで、ちょうど肩の上に戻ってきたシルヴェストが、私の頬に手をモフッと当てた。

《僕もいるよ》と言いたげな彼に、私は口元を綻《ほころ》ばせた。

――そうね。私は精霊にも恵まれているわ。

アランドさんがこちらを見ていないのをチラリと横目で確認してから、こっそりとシルヴェストの顎《あご》の下を、フワフワと擽《くすぐ》って感謝を伝えておいた。


訓練場でシードたちと合流し、連携《れんけい》訓練をこなした後。いつもなら個人練習をする時間帯に、私は師団長室へと足を向けていた。

訓練中は集中していたから思考の外だったけど、こうして移動していて考えるのは、やはり「セリオズ様の用事とは何か」という事である。

私が今抱いているのは、疑問と少しばかりの不安。しかし私だけに見える同行者は、不満を抱いているようだ。
《せっかく今日はアディーテが、毛づくろいしてくれる日だったのにー》
口を尖《とが》らせながら私の頭上で飛んでいるシルヴェストに、ちょっと申し訳ない気持ちになる。
たしかに彼の言う通り、今日の朝そういう約束をした。個人練習が終わったらすぐに、という話だったから、予定が差し込まれてしまったせいで、彼は結果的にお預けを食《く》らっている事になる。
(ごめんね、シルヴェスト)
《今すぐあの似非《えせ》笑い魔法師の頭に、アディーテを呼び出したっていう記憶《きおく》がゴッソリ抜け落ちるような衝撃《しょうげき》を……》
(ダメよ、シルヴェスト。そんな事をして、もし『私が聖女である事を隠《かく》したい』という部分だけ記憶が抜け落ちちゃったりしたら、目も当てられない大事故よ?)
《その場合は、アディーテの大切な秘密をアイツが漏《も》らす前に存在を抹消《まっしょう》するか、この世界ごとマルッと一旦《いったん》無に帰――》
(いい子にしていたら、毛づくろいだけじゃなくマッサージもしてあげる)
《やったー!!》

物騒《ぶっそう》な事をサラッと言うウサギにそう提案すると、さっきまでの不満なんてどこへやら。大喜びで空中から私の頭の上にモフッと落ちてきた彼は、額にモフッとした手を掛《か》けて顔を覗《のぞ》き込んでくる。

《嘘じゃないよね？》

（私がシルヴェストに嘘をついた事なんてある？）

《ない！》

長い耳をピコピコと左右に揺らしながら即答《そくとう》した彼は、鼻歌交じりに声を弾《はず》ませて《もし僕が時を操《あやつ》れれば、一気に用事が終わった後まで時間を進めるのになぁー！》なんて言い始める。

こんなに喜んでくれるなら、シルヴェストが見つける度に報復を口にする『殿下からの嫌《いや》がらせ』にも、少し感謝しなければならない。なんせ今したマッサージの話は、彼が嫌がらせで差し入れてくる『私には興味のない内容の本』から入手した知識なのだから。

殿下だって、まさか人間用のマッサージが精霊にも有用だとは、あまつさえそれが重宝されるだなんて、思いもよらなかっただろうけど。

（じゃあ、夜までいい子にしていてね？）

《任せて！》

機嫌《きげん》も歯切《はぎ》れもいい返事に、私は思わずクスリと笑った。

この約束があったお陰で、見えてきた師団長室からちょうど出てきた文官たちが、すれ違いざまにしていた「最近巷《ちまた》でされている『先日の儀式《ぎしき》での聖女の活躍《かつやく》』について」の会話にも、シルヴェストが頬を膨《ふく》らませるだけで済んだ。

いつもなら《全部アディーテの手柄《てがら》なのに、あいつら何にも分かってない！》と言って、手当《てあ》たり次第《しだい》に何かしらのイタズラをしに行きそうになる。

その度に私は（シルヴェストが協力してくれているお陰で、こうして順調にララーさんが本物の聖女だと思ってもらえているみたいだわ、ありがとう）と言って宥《なだ》めなければならないのだけど、その手間が今回は省けた形だ。

その事に内心で少しホッとしつつ、師団長室の扉の前に立った。

コンコンコンとノックをすると、中から聞き知った声が「はい、どうぞ」と返してくる。

「失礼します」

扉を開くと、机に向かっていた水色の髪の青年が、視線を上げて私を目に留《と》めた。瞬間《しゅんかん》。

「あぁ、アディーテ。来てくれたのですね」

元々顔の整った美しい方が、フワリと表情を綻ばせた。

相変わらず、ものすごい破壊力《はかいりょく》だ。その微笑《ほほえ》みのあまりの眩《まぶ》しさに思わず当てられそうになると、一瞬疑問顔になった彼が、目敏《めざと》く察してしまったらしい。手にしていたペンをペン立てに差し、僅《わず》かに揶揄《からか》いが交ざった表情になる。

「とても逢《あ》いたかったです。アディーテ」

「わざわざ甘《あま》い言葉を使う必要などなかったでしょう、今！」

「え？　欲《ほ》しかったでしょう？」

「いつ誰がそんな事を言ったのですか！」

抗議《こうぎ》に声を荒《あら》げれば、よほど可笑《おか》しかったのか。クスクスと笑いながら、「すみません」と謝罪される。

謝《あやま》る気なんてないくせに。軽すぎる謝罪に不服なのに、まんまと頬に熱を集めてしまっている自分がものすごく悔《くや》しい。

気を紛《まぎ》らわせるために、少し乱暴に「用事とは何なのですか！」と声を上げれば、彼は満足したのだろう。いつもの顔で「あぁそうでした」と言い、立ち上がった。

「これからちょっと用事があって、『治癒部』に向かうところなのです。それで、よろしければアディーテも一緒《いっしょ》に行かないかなと思いまして」

どうでしょう？　そう尋《たず》ねてきた彼の目は、一見すると優《やさ》しくありながらも、その実こちらの心の機微《きび》を注意深く観察してきていた。

言葉の上では選択肢《せんたくし》を残しておきながらも、私を逃《のが》す気なんてない。そんなふうに感じたのは、彼のいつものやり口を私が既《すで》に知っているからかもしれないけど。

「色々な人と顔見知りになっておく事は、今後の君のためになると思います。彼女は少し自由な人で、つい昨日『ダストン村』という所から帰ってきたばかりですが、いつまた調査と称《しょう》して師団を留守にするか分かりません。明日また捕《つか》まえられる保証はないので、会うなら今だと思います」

案の定彼は私の心の外堀《そとぼり》を、押しつけがましくない自然な言葉で、こうして巧《たく》みに埋《う》めてくる。

自分の世界が広がる可能性に、不安がないと言えば嘘になる。それでも最近『遠征討伐《えんせいとうばつ》部《ぶ》』には大分馴染《なじ》む事ができている今なら、別の部署を訪《おとず》れてみる心の余力はある。明日が分からないのなら、今日勇気を出すのが最善な気持ちにもなってくる。

そんな私の背中を最後に押したのは、頬にスリスリと身を寄せてきた、柔らかなモフモフの存在だった。

シルヴェストもいる。なら、きっと大丈夫《だいじょうぶ》。そんな自信に背中を押されて、緊張《きんちょう》交じりに私は頷《うなず》く。

「分かりました。一緒に行かせてください」

「俺《おれ》も隣《となり》についています。心配はいりませんよ」

満足げに微笑んだセリオズ様に、少し緊張しながら「はい」と頷いた。

しかし安心と初対面の方との顔合わせへの緊張は、また別物だ。そんな私の内心を、やはりセリオズ様は目敏く察したらしい。小さく笑いながら「このくらいの言葉では、緊張は紛れませんか」と呟いて、こちらに右手を差し出してくる。

「では、手でも繋ぎますか？」

「つっ、繋ぎません！」

差し出された手を反射ではたき落とし、数秒置いてからハッとした。

粗相をしてしまった。そう後悔《こうかい》したものの、彼に気にした様子はない。むしろ楽しげに肩を揺らして笑いはじめる始末である。

「じゃあ行きましょう」

「……はい」

少し居た堪《たま》れなくなりながら、部屋を出るセリオズ様の後に続いた。

シルヴェストが《新しいところに行くの？》と聞いてきたので（そうよ）と答えると、《何か面白《おもしろ》そうな物とかあるかな》というワクワク声が返ってくる。

彼に一応（イタズラはしちゃダメよ？）と釘《くぎ》を刺《さ》すと、不服そうに《えー》と言いながらも、しぶしぶ納得《なっとく》してくれた。

これならきっと大丈夫だろう。私はこの時そう、信じたのである。

◆◆◆

『治癒部』という看板がかけられた簡素な扉を前にして、私は思わず生唾《なまつば》を呑《の》み込む。

「それほど緊張するような場所ではありませんよ」

ニコリと微笑んだセリオズ様はそう言うけど、今まで用事もなかったから、こんなふうに師団の駐屯棟《ちゅうとんとう》の奥《おく》に来た事自体、私にとっては初めての事だ。

その上今日の目的は、初対面の方との顔合わせ。

最近は他人と関わる事に少し前向きな気持ちを抱けているとはいえ、それでこれまでの対人経験の乏《とぼ》しさが急に埋まった訳ではない。

私の悪い人相が悪目立ちするだろう事も考えると、緊張するなという方が難しい。

「心配はいりませんよ、アディーテ。顔合わせ相手の治癒部長は、師団の中でも特に、他人の見た目や噂などというものにはまるで興味のない人物ですから」

「そう、なのですか」

「――まぁ、ほんの少し癖《くせ》はありますが」

「え」

ホッと胸をなでおろしたところに意味深な一言を告げられて、不安が一気に押し寄せてきた。

しかし話を詳《くわ》しく聞きたい私の気持ちを置いてきぼりにして、セリオズ様は早々に目の前の部屋の扉を開いた。

扉の向こうにあったのは、整然としている世界だった。

壁一面に棚《たな》がある広い部屋。物は多い印象なのに、まるで散らかっている様子はない。

室内にいる方たちは全員が白衣姿で、皆《みな》それぞれに、棚から道具を出してきたり、薬草を出したり。部屋の真ん中に並んでいる机の前に立ち、魔法薬調合用の鍋を混ぜたりしている。

それでも皆各々《おのおの》に必要な行動・会話しかしていないから、統率《とうそつ》が取れている雰囲気《ふんいき》と、適度な緊張感が室内には流れていた。

それらが場の集中力を、明らかに一段引き上げている。『最適な作業部屋』という形容がしっくり来る場所で、それが正しい事を物語るように、自身の作業を黙々《もくもく》とこなしている彼らは、誰も私たちの入室に目を向けたりしてこない。

「彼らの集中力には私も、尊敬の念を抱いています」

少し誇らしげなセリオズ様の声に、心から私も頷いた。

同意と共に感嘆《かんたん》していたせいで、軽《かろ》やかに室内を歩き始めた彼に一拍遅《いっぱくおく》れて気が付いて、小走りで追いつく羽目になる。そして彼に置いていかれないようにとついていった先にあったものに、思わずギョッと目を丸くした。

そこにあったのは、扉だった。しかし普通《ふつう》の扉ではない。

かなり重厚《じゅうこう》……いや、厳重だ。見るからに重そうな鉄の扉だし、扉自体から何やら妙《みょう》な気配もする。

「扉そのものに、魔法《まほう》をかけているのですか？」

「惜《お》しいですね。実はこの扉には、強い強化と保護の魔法を付与《ふよ》しているのです」

「付与？」

思わずそう聞き返したのは、物体そのものに魔法をかけるよりも、魔法付与の方が一般《いっぱん》的《てき》に強力で有用だからである。

長期間、一定の効果を、新たな魔力《まりょく》の供給なしで使える。そんな事ができる技術が簡単に習得できる筈もない。

そもそも魔法を物体の中に閉《と》じ込めてあらかじめ設定した条件下でのみ発動させるよう

にするためには、手間も時間も魔力も体力も費《つい》やす必要がある。そんな物を使う場所には、相応の理由が存在する筈だ。

という事は、もしかして。

「この先には、長期間厳重に守らなければならない物が保管されているのですか？」

「いえ、そうではないのですが……」

私の予想は外れたらしい。しかし彼が言い淀《よど》むのも珍しい。おそらく何か特別な理由はあるのだろう、と思っていると、ボンッと突然どこからか、破裂音《はれつおん》のようなものが聞こえてきた。

どこからだろう。そう思ったところで、苦笑交じりのセリオズ様が「在室のようですね」と呟く。

目の前の扉を、彼が押し開く。

ギィーッという音と共に、室内が露《あら》わになった。

ヒラヒラと、たくさんの紙が舞《ま》い落ちる室内には、何冊もの分厚い本が床《ゆか》に無造作に積み上げられている。その奥、窓を背負う形で置かれている執務机《しつむづくえ》の前には、逆光で顔は見えないけど白衣姿の方が一人、座っていた。

「コト、せめて書類の類は隔離《かくり》してからやるようにといつも言っているでしょう」

セリオズ様が入室しながら、舞い落ちている紙を手でやんわりと避《さ》けながら苦笑した。

相手は室内の、長い髪をみつあみにしたかなり小柄な女性である。

普通サイズの白衣も、彼女が着ればブカブカだ。袖なんてかなり余っているし、裾《すそ》も彼女には長過ぎる。

よく見れば、前髪《まえがみ》の先と童顔な鼻の頭が、少し黒く煤《すす》けていた。彼女の前にあるピンクと水色の煙《けむり》がモクモクと立ち上る魔法調合用の鍋を見る限り、調合に失敗でもしたように見えるけど。

「ちゃんと書類に被害がないように、そっち側に集めてるから大丈夫！」

「あとで拾う手間を考えて言っているのですよ。それに入り口付近に提出書類を集めているのは、貴女《あなた》ではなく部下たちでしょう？　貴女のいつもの『失敗』に、なるべく書類が巻き込まれないようにと」

「うちの部下は、再発防止を徹底《てってい》できる、とてもいい子たちだからね！」

エッヘンと胸を張った彼女は、ものすごく得意げだ。よほど部下たちを誇りに思っているのだろう。そういう関係性は、見ていてとても気持ちがいい。

と、そんな事を考えている間に、私たちの間で舞っていた書類はいつの間にかすべて床に落ち切っていた。そのお陰か、セリオズ様が「コト」と呼ぶ彼女と目が合った。

瞬間、ビクッと肩を震《ふる》わせて、警戒心《けいかいしん》を露わにする。

「……誰？　その子」

先程までの無邪気《むじゃき》な顔と声はどこへやら。微動《びどう》だにせず、ジッと私を見てくる彼女は、とても固い声だった。

そんな中、セリオズ様だけがいつも通りだ。

「今年たった一人の、師団入りした人材ですよ」

「アディーテ・ソルランツと申します」

暗に促《うなが》されるままに、彼女に自己紹介《じこしょうかい》をする。すると、シュッと彼女の姿が消えた。

……いや、厳密には消えたのではない。彼女が机に顔を伏《ふ》せたせいで、そういうふうに見えただけだ。

それでもどうやら歩み寄りの気持ちは、持ってくれているらしい。

「わ、私はコト。よろしく……」

顔を伏せたままだったけど、挨拶はどうにか返してくれた。

しかし、何故こんな反応なのだろうか。最初はそう思ったけど、すぐにハッとさせられる。

も、もしかして、私の顔が怖《こわ》すぎるからとか……?!　だとしたら、第一印象は最悪だと言っていい。

しかし私だって、わざと怖い顔をしている訳ではない。不可抗力だ。

どうしよう。私も顔を隠してみる？　でも、それはそれで感じ悪くなったりしない？　懸命《けんめい》に考えてみるものの、いい案は一つも浮《う》かばない。視界の端《はし》でフワフワと飛んでいるシルヴェストの気楽さが、今ものすごく羨ましい。

そんな私を見かねてか、セリオズ様が治癒部長様に、ため息交じりに苦言を呈《てい》する。

「ほらコト、もっときちんと挨拶してください。アディーテがすごく困っていますよ？」

「そんなの、師団長が急に新しい人を連れてくるからじゃん！　知ってるでしょ？　私がこういうの、苦手なの！　そもそも何で最初から『新しい人連れて行くから』って言っておいてくれないの⁈」

「言ったら貴女、逃《に》げるでしょう。もう長になってそれなりになるのですから、そろそろその極度の人見知りも、改善する努力をしてください」

半分泣きそうな声で治癒部長様が叫んだけど、セリオズ様はそんな彼女にも「そんな事では、来年新人が来た時にどうするのですか」と呆れた姿勢を崩《くず》さない。

「そんなの、部下にまかせるもん！　うちの部下は優秀《ゆうしゅう》なんだから‼」

「その優秀な部下たちを見習って、治癒部《ちゆぶ》の顔として恥《は》ずかしくないように、ほら頑張ってください」

折れる気配のないセリオズ様に、とうとう観念したのか。数秒の沈黙《ちんもく》を挟《はさ》んで彼女《かのじょ》が、突《つ》っ伏《ぷ》していた頭を恐《おそ》る恐る上げた。

今にも泣きそうな顔をしている。その表情が、周りから意図せず目立ってしまった時の自分の内心と少し被《かぶ》った。

親近感を感じながら、セリオズ様に促されて彼と横並びに応接用のソファーへと座る。

「コト」

静かなセリオズ様の確かな強制力のある声に、治癒部長様が執務机の席を立ち、トボトボとこちらにやってくる。

彼女が座ったのは、ローテーブルを挟んだ向かい側。セリオズ様の正面のソファーだ。

「という事で、改めてこちらがコトです。師団の治癒部長であり、おそらくこの国で最も薬学に精通している人間です」

褒《ほ》められているにも拘《かかわ》らず、彼女はひどく居心地《いごこち》悪そうに、ソファーの上で両膝《りょうひざ》を抱《かか》えている。こういう体勢をしていると、彼女の小柄《こがら》さが一層目立つ。

学園を今年卒業した私よりも幾《いく》つか年下のように見えるけど、彼女、何歳《なんさい》なのだろう。師団にはいるのは基本的に学園卒業年齢《ねんれい》以上の方たちばかりだと思っていたけど、彼女のような方もいるという事は、きっと例外もあるのだろうな。よほど優秀な方に違いな――。

「コトは俺たちより二十は年が上ですよ」

「えっ」

セリオズ様に耳打ちされた内容に、思わずポカンと口を開けてしまった。

二十歳差《はたち》といえば、私の父母より少し年上という事になるけど、この方が？　どう考えてもそうは見えない。

もしかして、魔法《まほう》や魔法薬で容姿を変えて？

「たしかに見た目を変える特級魔法自体は存在していますが、彼女の場合は天然です」

なんと。すごい。

……っていうか、セリオズ様。

「私の思考を読むの、止めてください！」

いつもの癖が出ている彼にちょっと強めに抗議すれば、楽しげに笑いながら「アディーテが分かりやすいのがいけない」と言い返されてしまった。

そんな事はないと思うのだけど。そう思い、一旦むくれて数秒置いて、やっとハッと我に返る。

いけない！　治癒部長様を蚊帳《かや》の外にしてしまっていた!!

慌《あわ》てて彼女の方を見れば、緊張からなのか、恐怖からなのか。彼女が心細そうに体を震わせている。

な、何か話を振らなければ！　焦燥感《しょうそうかん》に駆《か》られながら考えるけど、相手は初対面の方で、どんな方なのかもまだよく知らない。

一体何を話せばいいのか。これまでの対人経験の少なさが、足を引っ張っているような気がする。

どうしよう。何か。何か……。

助けを求めて目を泳がせれば、ちょうどシルヴェストが、執務机の上にある鍋《なべ》の中をジーッと覗き込《こ》んでいるところだった。

何か気になる事でもあるのだろうか。そう思えば自然と「あの鍋で」という言葉が、口をついて出ていた。

「作っていたのは、魔法薬ですか？」

「え、そ、そうだけど……」

ビクッと肩を震わせた彼女が、恐る恐る答えてくれた。

しかしそれ以上話は続かない。代わりに話題を引き継《つ》いでくれたのは、私の隣のセリオズ様だ。

「コトはポーションの調合研究をする時のみ、この部屋で作業を行うのですよ。少々失敗してしまっても、ここなら被害は最小限に抑《おさ》える事ができますからね」

そう言いながら、彼《かれ》は部屋の出入り口に目をやった。

つられて私も見てみると、そこにあったのはあの頑丈《がんじょう》すぎる扉《とびら》だ。

そういえば、先程《さきほど》破裂音《はれつおん》が聞こえていた。調合に失敗してしまうと、周りに被害が出る事もある。特に新しい調合レシピや新薬を作るための調合は、どうしたって失敗が増える。先程ヒラヒラと部屋に舞い落ちてきていた紙たちに、あの鍋から立ち上ってきた煙や少し煤けた顔。そして頑丈な扉。もしかしてこの部屋は、調合の失敗に耐《た》えられるように作られた場所……？　だとしたら。

「少し懐《なつ》かしいです。私も学生の時に調合で、何度も失敗した事がありまして」

褒められた事ではないのは承知の上で、それでも思わず小さく微笑む。

学園ではたくさんの授業があるけど、中でも特に高難度な三科目のうちの一つが、魔法薬学だった。

薬によって出せる効果は、魔法でも再現する事ができる。それでも薬学という学問があるのは、魔法にはない利点が薬に存在するからだ。

魔法薬の調合は、魔力の前払《まえばら》いをするようなもの。使える魔力が尽《つ》きたり後に備えて節約したりしたい時に、かなり重宝する。

もちろん薬は劣化《れっか》していく。永久に保管できる訳ではないけど、魔法薬の効果は使用者ではなく、魔法薬を調合する人間の技術に依存《いそん》する。使用者の魔法の才能の有無《うむ》に拘《かか》わらず一定の効果が見込《みこ》めるというのも、薬学の利点の一つである。

これらはすべて、学園で習った知識を並べただけだ。大抵誰《たいていだれ》でも知っている。しかしそれは、薬学の効果がそれ程《ほど》までに広く有用だと知られているという事の裏返しでもあると言える。

そして薬学が有用であるという事はよく知られていても、魔法薬学の難易度は高い。

「材料を鍋で煮詰《につ》めながら、自身の魔力を混ぜるだけ……なんていうと簡単に聞こえますが、魔法薬学は外側から見るよりずっと奥が深いですよね」

噛《か》み締《し》めるようにそう言ったのは、薬学の授業の最終課題で行った調合の試行錯誤《しこうさくご》を思い出したからだ。

「魔力の込め方《かた》はもちろん、材料の粒度《りゅうど》や煮詰める時間が少し違うだけでも、失敗してしまう事がある。魔法薬学は、とても繊細《せんさい》な気配りと観察眼が必要な分野だと思います。私も最終課題では、かなりの苦戦を強《し》いられました」

その課題は、そもそも成功しなくても単位自体を落とすようなものではなかった。薬学自体が難しい科目だった事もあり、実際に調合を試《ため》した方自体、おそらく少なかったと思う。

だから他の方がどうだったのかは分からない。しかし私は少なくとも、教科書に書かれているレシピ通りに作り、何度も失敗しやり直した。

幸いにもこの顔のお陰でいつも一人だった私には、研鑽《けんさん》の時間はたくさんあった。課題達成のための素材は幾らでも使っていいという先生からの好意にも恵まれて、シルヴェストたち精霊《せいれい》も、すぐ側で応援《おうえん》してくれた。そのせいで危《あや》うく大惨事《だいさんじ》になりかけた事も実はあったけど、そのお陰で運よく調合の糸口が見えたりして……。

もちろん学園で習うのは、本当に薬学の初歩中の初歩。もしかしたら、師団で扱《あつか》う調合と同列に語るのは失礼かもしれない。しかし楽しかったし、うまくできた時は嬉《うれ》しかった。

「もしかして、中級回復ポーションの調合……？」

思い出に浸《ひた》っていたところにそんな声を掛けられて、私は「え？　ええ。そうですが」と答える。

声を掛けてくれたのは、治癒部長様だ。先程までは私を直視する事もできないという感じで怖がっていた様子だったのに、何故か今は目を見開いて、こちらをまっすぐ見つめてきている。

突然《とつぜん》どうしたというのだろう。

「作れたの？」

「はい。とはいえかなりの時間を費やしたにも拘らず、できたのはやっと中級と名乗れるような品質の代物《しろもの》だけでしたが」

提出したポーションに先生がかけた鑑定魔法《かんていまほう》の結果を思い出し、小さく苦笑《くしょう》する。

表示されたのは、『状態：粗悪《そあく》』の文字だった。

どれだけ自分が頑張《がんば》ったとしても、薬学のプロに誇れるほどの結果が出せた訳ではなかった。しかし治癒部長様は、更に尋ねてくる。

「材料は？」

「えっと、たしかセリスの葉とゼラシウスの粉末、それとすりつぶしたイチリアの種だったかと」

「私が知ってる教科書通り……でもアレはたしか」

抱えていた膝《ひざ》をといて足を地につけ、彼女は口の中で、何かをブツブツと言い始める。

一方室内探検を終えたらしいシルヴェストが、私の肩《かた》に舞い降《お》りてきた。

《それってさ、薬臭《くさ》い部屋にいた時の話でしょ？　まぁ臭《にお》いで言えば、ここの方が何倍も臭いけど》

たしかに治癒部に来た時から、薬草を煮詰めた独特の香りがしてはいる。しかし少なくとも私には「臭い」という程不快に感じる臭いではない。

（シルヴェストは、本当に臭いに敏感《びんかん》よね。精霊特有なの？）

シルヴェストは、他にも例えば古代魔道具《アーティファクト》など、いつも私には気付けないものにいち早く気がついてくれる。もしかしたらそもそも精霊はヒトよりも、感覚が鋭敏《えいびん》なのかもしれない。

そんな仮説を立てたところで、彼が自慢《じまん》げに胸を張った。

《ウサギの嗅覚《きゅうかく》はすごいからねっ！》

（精霊だから、じゃなく？）

《違《ちが》うよ。身体能力それ自体は、象《かたど》ってるモノの特性に左右される。例えばブリザはシロクマだから、水の中もスイスイ泳げるし》

（そうなの？）

ちょっと想像してみたけど、ブリザは少し抜《ぬ》けているところがある。うっかり水の中に落ちてバチャバチャと慌てる姿が、真っ先に思《おも》い浮かんだ。

（うーん、スイスイはちょっと想像しにくい）

《まぁ、役立つ機会はあんまりないけどね。それで言うと、イリーのは普段《ふだん》から役に立つかな。すっごい目がよくて広く遠くまで見える》

（イリーって誰《だれ》？）

初めて耳にした名前に、私は思わず首をかしげた。すると彼は何故かキョトンとする。

《今度来るでしょ？　ブリザのお目付け役の精霊》

（今初めて聞いたけど）

シルヴェストは分かりやすく「あれ？」という顔をした。

しかしそれもほんの少しの間だ。すぐに笑顔《えがお》に変わり。

《じゃあ今言った！　今度来るから!!》

よろしく、と言わんばかりに空に逃げていく。言い逃げだ。

（え、ちょっと！）

ちょっと待って。ブリザのお目付け役だというなら、今後私とも度々《たびたび》顔を合わせるだろう。どんな子なのか、心の準備のためにも教えてほし――。

「ねぇ、どうやって作ったの？」

「え？」

「ポーションだよ」

「あ、えっと、教科書を見て……」

治癒部長様から更《さら》に尋ねられ、一旦シルヴェストの話は横に置く。すると、彼女が驚《おどろ》くべき事を言った。

「あの教科書の中級回復ポーションのレシピは、ほんのちょっとだけ間違《まちが》ってる。普通は粗悪品《そあくひん》さえ、できる筈《はず》がないんだけど」

「え」

そうなの？　あ、でもそれなら逆に作れた理由も分かる。

「実は最後に注ぐ魔力の量を、たまたま失敗したのです。そしたら何故かうまくいって」

本当は、失敗ではなく不可抗力《ふかこうりょく》だ。

私を応援しようと暴走しかけた精霊たちを宥めるために、調合の合間に彼らに少しだけ魔力を与《あた》えたのだ。そうしたら、その時に放出した魔力の一部がたまたま調合鍋に作用した。それが、粗悪品ポーションの完成の糸口になった。

「あの時は『こんな少しの差でポーションができるかできないかが決まるのか』と、感心しまし……た、って、あの、治癒部長様……？」

大丈夫だろうか。彼女が目の前で下を向き、膝の上に両手の拳《こぶし》を置いて、プルプルと震え出してしまった。

もしかして、何か勘《かん》に障《さわ》るような事を言ってしまっただろうか。え、どうしよう。思わずオロオロとしてしまう。

何か弁解をしたかった。

せっかくセリオズ様が引き合わせてくれた相手だ。ものすごく好かれる事こそなくとも、せめて今後「少しずつ仲良くしていきましょう」というくらいの関係は築きた――。

「っっっっそうなんだよ!!」

突然《とつぜん》響《ひび》いたその声と、伏せていた顔をグインと上げて詰《つ》め寄ってきた治癒部長様に、まず驚いた。

目がキラキラと輝《かがや》いている。

面白いものを見つけた時のシルヴェストの瞳《ひとみ》に、とてもよく似ていた。今目の前にあるのは間違いなく、強く心惹《ひ》かれた時特有の好奇心《こうきしん》の宿った瞳だ。

「そうなんだよ、そうなんだよ、そうなんだよ! 薬学は繊細で難解で神聖なものなんだ!」

スクッと立ちあがった彼女は、こちらに一歩踏《ふ》み出してくる。

「王城内には『どうせ机に座《すわ》って鍋を煮詰めているだけの根暗な連中』とか『決まった分量を入れて混ぜれば簡単に作れるポーションの量産場』なんて言ってくるやつも結構いるけども!」

何の躊躇《ちゅうちょ》もなく、目の前にあったローテーブルを踏み超《こ》えて。

「あいつらは何も分かっていない!!」

両手を伸《の》ばして、ピョンと体ごと私の方に飛び込んできた。

座ったまま、咄嗟《とっさ》に手を伸ばし受け止める。

ガバッと顔を上げてきた彼女に「怪我《けが》はなかったみたい」とホッと胸を撫《な》でおろしていると、満面の笑《え》みと共に告げられた。

「あの教科書はね、誤植をそのままにしているんだよ。学園側の怠慢《たいまん》でね。それ自体は実に忌々《いまいま》しい事だよ！　薬学を舐《な》めてるだろうと思うよね！　でもまぁ、それでも尚《なお》中級回復ポーション作りに成功する人は、教科書通りの研鑽と試行錯誤の両方ができる人だっていう事さ……よいしょっと」

治癒部長様が私の膝上《ひざうえ》に、こちらを向いて座り直した。そして私の両腕《りょううで》をギュッと掴《つか》んで、顔を覗き込んでくる。近い。

「つまり、だよ！　あの最終課題は、治癒部の適性がある人材を探すための装置も同然だっていうことさ！　という事で、師団長」

「はい？」

セリオズ様の方にグリンと向いた彼女の顔には、期待が満ち満ちていた。しかしそれも一瞬《いっしゅん》の事。

「この子、私にちょうだい！」

「ダメです」

「えー、やだぁー!!」

残念顔になる。

しかしそれでもセリオズ様は断固たる態度を崩さない。

「アディーテはもう遠征討伐部の子ですから」

「師団内にいるんならどの部署だろうと、師団長にとっては『うちの子』じゃないか！」

「既に部内でアディーテは、なくてはならない存在です。部署異動の予定はありません。

彼女自身が望むのならば、また話は別ですが……」

「必要としていただけるのなら、引き続き遠征討伐部で頑張らせてください」

「との事です」

セリオズ様の回答に、彼女は頬《ほお》を膨らませた。しかしそんな彼女の表情は、セリオズ様の次の一言でまたコロリと一変する。

「しかし、アディーテを気に入ってくれたなら何よりです。せっかくですし、彼女に治癒部の案内と、ちょっとした体験をさせてあげては？」

「えっ、いいの?!」

「構いませんよ、アディーテが嫌《いや》がらない範囲《はんい》であれば」

セリオズ様からのお許しに、治癒部長様はパァーッと表情を華《はな》やがせた。そしてすぐさま、私の膝上からピョンと飛び降りた。

「じゃあ早速《さっそく》、皆《みな》のいる作業部屋に行こう！　ポーション作りを見てあげる！　せっかくだから、教科書には載《の》っていないレシピで作ろう！」

「えっ、あの、治癒部長様」

嬉しいけど、本当にいいのだろうか。そんな気持ちが私を戸惑《とまど》わせた。しかし彼女はそんな事など、まるで意に介《かい》していないらしい。

「私の事は、コトって呼んで。君には呼び捨てを許可しよう！　という訳で行くよ！　早く！　さぁ早く!!」

グイグイと両手を引っ張られて、私はコトさんの部屋を出た。

後ろについてきているセリオズ様が、最後に部屋を出る直前で「彼女は勤勉な子が好きですからね。きっとアディーテを気に入ると思っていました」とポソリと呟《つぶや》いていた。

他の師団の方たちもいる作業部屋に出てきた私たちは、まずは治癒部長様——コトさんの指示に従って、必要な器具と材料を用意した。

テーブルの上にすべて揃《そろ》えてから、彼女は袖《そで》にすっぽりと覆《おお》われた手を「オー」と上げながら言う。

「じゃあ、早速やってみよう！」

私もコトさんの真似《まね》をして、「お、おー？」とやってみる。普段しない事だったけど、どうやら便乗したのは正解だったらしい。

彼女は満足げに頷いてから、「せっかくさっき話に出たし、今回は中級回復ポーションの、コト特製レシピを伝授するよ！」と元気よく言ってくれた。

「材料はこちらなんだけど、これらが何かは分かるかな？」

そう言われて机上《きじょう》に目をやれば、そこには三種類の材料があった。

それぞれ別の小皿に載っている。そのうち二つは、私にも見覚えがあった。

「セリスの葉と、こっちはニニロドの根……ですよね？」

「正解。セリスは教科書のレシピにもある材料だから未《ま》だしも、ニニロドの方はよく分かったね」

「初級毒消しポーションの材料だったと記憶《きおく》しています」

学園の授業で習うのは、回復ポーションだけではない。

麻痺《まひ》や毒などの、状態異常を回復するポーションについても習う。とはいえ、効果はどれも薄《うす》い。

学園で教えられるのは、精々が食当たりや毒草の類を誤って少量だけ口にしてしまった場合に効く程度のもの。コトさんからすれば、きっと息を吸うように出てくる知識に他ならないだろう。

それでも彼女は嬉しそうだった。

「ニニロドの根は、たしかに毒消しの効能ありとして知られているのが一般的だね。だけど実は、それだけじゃない。他の材料と合わせる事で、時にポーションの材料はその効能を変える事がある」

そう言って、指をさしたのが三つ目の材料。私には何か分からなかった、砂のように細かいものである。

「これはダリス鉱石をすりつぶしたもの。これと合わせて調合する事で、ニニドロの根は他の材料の効果を増進する事ができるようになる。さて、ここで問題だよ、アディーテ。ニニドロの根は、元々採取量が多い。ダリス鉱石も、安く手に入る。と、いう事は？」

そう言われて顎《あご》に手を当てる。

元のレシピで使われる回復ポーションの材料は、たしかどれも回復の効果を持つものだった筈。セリスの葉ももちろん例外ではない。

その効果を増進できる材料は、どれも採れる量や値段が安い。という事は……。

「もしかして、私が知っているレシピよりも、より安価に多くの中級回復ポーションが生成できるという事ですか？」

「正解。やっぱりアディーテは筋がいい！」

ここまで情報を貰《もら》えれば、きっと誰だって答えにたどり着けただろう。コトさんはどうやら褒め上手なようだ。

最初こそ人見知りをしていたけど、こういうところはやはり部長になるだけの人材だという事なのだろう。まずしたのは、そんな感心だった。しかし。

「私たち治癒部はね、有事の際は救護要員として回復魔法を使う。それ以外の時間は、有事に備えながら、既存《きそん》のポーション作りを担《にな》う。でも、それは決してただ漫然《まんぜん》と既知《きち》のレシピに従って、ポーションを量産すればいいなどという訳ではないんだ」

そう言った彼女は、この場の長の顔をしていた。言葉には、立場を担う人物特有の重みと誇《ほこ》りが見て取れた。

「材料だって有限だ。だから私たちは常に、少ない材料・少ない経費でより多くのポーションを生産する事ができないかと考えている。このレシピはね、そういった思考で研究開発をした結果できたレシピなんだよ」

その言葉に、私は純粋《じゅんすい》にすごいと思った。

思えば私はこれまでずっと、学園では教科書とシルヴェストたちから、師団に入ってからはセリオズ様やシードたちから、分からない事を教えてもらいながらここまでやってきた。既《すで》に一定の答えが出ているものを、学習し習得してきたのである。

しかし、きっとここにいる方たちは違う。彼女たちは『既存ポーションを、より効率的に作るためのレシピ』という、まだ答えのないものを、もしかしたら答え自体存在しないかもしれないものを、手探《てさぐ》りで探す作業をしている。

そして結果を出している。そういう在り方を望まれて、皆働いているのだろう。

それは、誰にでもできる事ではないだろう。性格的にも技術的にも、適性というものが必要な気がする。

そう思えば、先程コトさんが言っていた『最終課題から素質を測る』行為《こうい》は、たしかに必要な工程なのかもしれない。

事故でたまたま答えを引き当てただけの私は未だしも、もしあの答えを努力だけで導き出した方がいたとしたら、それは間違いなく『ゼロから答えを生み出す、探究者としての素質』があると言っていいだろうから。

「因《ちな》みにね、私たちは『素材の無駄遣《むだづか》いゼロ』という目標を掲《かか》げて日夜ポーション作りをしてもいる。だから基本的に、ポーション作りの失敗は容認《ようにん》しない。失敗した場合は再発防止をするために始末書を書く必要があるし、失敗が続けば処罰《しょばつ》の対象にもなる」

軽い口調での言葉だったけど、だからこそ私は緊張《きんちょう》する。

きっと彼女は暗に私に「失敗しないでね」と言いたいのだ。そして同時に「アディーテにならできる」とも思ってくれているのだと思う。

しかしその期待は過大評価だ。それは誰でもない私自身が、一番よく知っている。

失敗したら、どうしよう。プレッシャーが重くのしかかる。

が、そんな私に、彼女は笑った。

「心配しなくていいよ。ほら、ちょっと周りを見てごらん。それぞれ、使っている鍋の大きさが違うだろう?」

言われてみれば、たしかに両手でやっと抱えられるほどの大きな鍋を使っている方もいれば、顔の大きさくらいの大きさの鍋を使っている方もいる。

私の前に用意されているのは、学園で使っていたのと同じ。おそらく最も小さい鍋だ。

「失敗に罰則《ばっそく》を与える可能性がある以上、私たち管理側も一度の失敗が与える影響《えいきょう》を考慮《こうりょ》している。大鍋《おおなべ》で作業をしている人たちは、私が『一度にたくさんのポーションを作っても、材料を無駄《むだ》にせず一定以上の品質のものを作れる』と判断した人だけなんだ。で、アディーテの鍋はこの部署内でも最小。だから、肩の力を抜いて作業してくれればいい」

そ、そうなのか。よかった、自分の能力以上の期待をされている訳じゃなくて。そう、ホッと胸をなでおろす。

「じゃあ始めていこうか」

「はい、よろしくお願いします」

素直《すなお》に頭を下げて答えれば、彼女は嬉しそうに頷《うなず》いた。

「最初はどのポーション作りも同じだよ。鍋に適量の水を入れ、火にかける」

学園でやっていたのと同じ手順だ。そう難しい事ではない。

適量の水は、鍋の大きさのちょうど半分。習った事を思い出し、私は自らの内に小さく魔力を練り上げる。

頭の中で思い浮かべるのは、透明《とうめい》な水の玉。そうして発現させた初級魔法・水球《ウオーターボール》で、まずは鍋の半分を満たした。

鍋を金属の骨組みの上に置き、下に火球《ファイアボール》を作る。あとは鍋の中がクツクツと小さく沸《ふっ》騰《とう》し始めるまで待つ。そこまで作業を終えたところで、すぐ近くから見知った声で《うわあっ?!》という声が上がった。

どうしたのかと思って見てみると、何故《なぜ》か床に一塊《ひとかたまり》の白いモフモフが転がっている。

「普段は空を飛んでいるか、私の肩に乗っているか。そうでなくても不特定多数の方が行き来するような廊下《ろうか》に寝転《ねころ》ぶようなことはないのに、珍《めずら》しい」と思ったけど、ピョンと伸びている長い耳を見て、すぐにその理由が分かった。

《ちょっとブリザ！　急に突撃《とつげき》してくるなんて何事さ！　床を三回転くらいしちゃったんだけど！》

《ごめんねぇぇぇ、シルヴェスト。止まらなくってぇぇぇ》

ぽってりとしたお腹《なか》のシロクマが、謝《あやま》りながら体を起こす。下敷《したじ》きになっていたシルヴェストは、彼女の突撃に巻き込まれたらしい。

――おっちょこちょいは相変わらずみたいね。

今日の朝ぶりに見る彼女のあまりにもらしい姿に、思わず小さく笑ってしまう。

《で、一体どうしたのさ。いつも昼間はのんびり自由行動の君がわざわざ突撃してくる時は、いつだって何か理由があるじゃん》

《あ、そ、そうだった！　あのね、シルヴェストに知らせなきゃって思って！　あの色ボケ王子、またアディーテに悪さしようとしてる！》

……最近一緒《いっしょ》にいるものだから、どうやらブリザにもシルヴェストの殿下《でんか》に対する残念な呼び名が移ってしまったようである。

どうなんだろうか、その呼び方。間違いなく、あまり褒められたものではない。

しかし周りに聞こえないのだし、あまりどうでもいい事に制約を付けるのは、自由を愛する精霊に窮屈《きゅうくつ》を感じさせる事にもなる。

うーん……。

「そろそろいいかな。じゃあアディーテ、材料を順番に入れて行こう」

「あっ、はい」

言われて手元に視線を戻《もど》せば、既に鍋が小さくクツクツとし始めていた。

いけない。気軽にやっていいと言ってもらえているとはいえ、集中しないと。

「まずはセリスの葉だけを煮出《にだ》すよ。教科書にはおそらく『三分煮詰めたら葉を出す』と書かれていると思うけど、今回はその半分の一分三十秒でいい。三分煮詰めても一分三十秒煮詰めても、溶《と》けだす成分の量は同じだから」

「分かりました」

内心では「え、そうなんだ」と驚きながら、鍋の中にセリスの葉を、パラパラと入れる。

魔法薬調合において、『満遍《まんべん》なく』は大切だ。同じ鍋の中で成分の差が出ないように、また鍋の中で材料が重なり成分の抽出《ちゅうしゅつ》効率が落ちる事を避《さ》けるために、学園で習った小さな注意を思い出し、倣《なら》う。

ここから一分三十秒。近くにあらかじめ置いてあった砂時計を裏返し、カウントダウンを開始した。

と。

《あー、それってさ、「アディーテの食事の味付けをどうにかしてやろう」っていうやつでしょ》

《えぇぇぇえ?! シルヴェスト、もう知ってたの?!》

《さっき下級精霊たちが、口々に怒《おこ》ってたのを聞いたからね。アディーテ絡《がら》みの噂《うわさ》や企《たくら》みを、僕《ぼく》のこの長い耳が逃《のが》す筈ないじゃないか》

《すごい! 流石《さすが》はシルヴェスト!》

《ふふんっ》

ポテンと床《ゆか》に座っている二人の方から、そんな声が聞こえてくる。

素直にシルヴェストを称賛《しょうさん》するブリザと、機嫌《きげん》よさげに胸を張るシルヴェスト。その姿は、見なくても想像するだけで、ものすごく和《なご》む……のだけど。

《どうせまたしょうもない嫌がらせだろうけど、僕としてはそろそろ本格的にお灸《きゅう》をすえたいと思ってる》

《私も協力する!!》

《じゃあ作戦会議だね》

え、ちょっと待って。今までもそれなりの仕返しをしてきたと思うけど、本格的にって、それはちょっと……って、あぁ一分三十秒。

煮《に》える鍋の中から、葉をすべて取り出した。

透明だった鍋の中の水は、葉の成分がきちんと染《し》み出ている証に少し褐色《かっしょく》に色づいている。今のところ作業は順調だ。

「次に入れるのは、ニニロドの根。これも一分三十秒だけど、さっきのセリスの葉とは別で煮るのがこのレシピのコツになる」

「別で煮ると、何か違うのですか？」

「うん。一緒に煮てしまうと、完成品の品質が悪くなってしまうんだ。どうやらニニドロの根から溶けだす成分が、セリスの葉の成分を抽出するのを邪魔《じゃま》するみたいでね」

「そうなのですね」

感心しながら、言われた通り鍋の中に二センチ角くらいの大きさに刻んだニニロドの根を投入する。

また砂時計を裏返し、時間を計り始めた。しかしその間にも、先程の二匹《にひき》の作戦会議は進んでいて。

《せっかく二人で協力するなら、それぞれの力で何かやるより、合《あ》わせ技の方が楽しそうだよね》
《合わせ技？　たとえば？》
《ブリザードハリケーンとか？》
《いいねぇ！》
（それはダメ）
流石に口を挟まずにはいられなかった。それ程までに、彼らはサラッと大事を決議してしまいそうな勢いだったのだ。
短く二人を制した私に、シルヴェストは《えーっ?!》と不服顔、ブリザは《ダメかぁ》と残念顔になる。
どちらも可愛《かわい》い。しかしそんな顔をしても、ダメなものはダメである。
しかし更に釘《くぎ》を刺《さ》しておこうかと思ったところで、自身にジッと向けられている視線の存在に気が付いた。
セリオズ様だ。彼が私を見て――いや、おそらく観察しているのだろう。
私の視線に気が付いてニコリと微笑《ほほえ》んだ彼は、その美《び》丈夫《じょうふ》ぶりを如何《いかん》なく発揮していて眩《まぶ》しい。

しかしそんな顔をしていても、彼の事だ。きっと今私が精霊たちと話していた事に、気が付いているに違いない。

いけない、いけない。集中しなきゃ。

慌てて鍋へと視線を戻す。……別にセリオズ様と目が合っている状態が、落ち着かなかった訳ではない。絶対に。

鍋の中では、褐色だった水が、少し紫色《むらさきいろ》っぽく変色してきていた。

ニニロドの根を煮出すと、大体水は青くなる。おそらく色が混ざった結果なのだろう。つまり煮出しはうまくいっているという事である。

砂時計の砂は、もう本当に僅《わず》かだった。サラサラと落ちていく砂が最後の一粒《ひとつぶ》まで落ちたのを見届けてから、根を鍋から出し始める。

「全部出し終わったら、最後は鍋をゆっくりと混ぜながらダリス鉱石の粉末を流し入れる。少しずつね」

「はい」

手早く根を出し終えて、指示通りにかき混ぜ棒で混ぜる。

そこに鉱石の粉末をサラサラと流し入れれば、ゆっくりとした流れの中で鉱石はすぐに溶けた。

同時に水の色が、紫色から黄金色《こがねいろ》へと劇的に変わる。ちょうどシルヴェストの瞳と同じ色に、私は思わず「綺麗《きれい》」と呟いた。

「その変化、初めて見るとちょっと感動するよね。私もそうだった」

同じ感動を共有できたことが嬉しかったのか、彼女《かのじょ》は優《やさ》しい声で言う。

嬉しいと思ってくれて、私も嬉しい。心がホンワリと温かくなるのを感じれば、自然と私の口角が上がった。

「鉱石を全部入れて全体的に色が安定したら、もう混ぜるのは止めていいよ。最後に魔力《まりょく》を込《こ》めて完成」

鉱石の粒は既にすべて中に入れた後だ。少しすると、色の変化も落ち着いた。私はかき混ぜ棒を置き、代わりに両手を鍋の上に翳《かざ》す。

「魔力はゆっくりと込める。量はちょうど、魔力を丸く纏《まと》めて半径五センチくらいの感覚だけど、ゆっくり入れてれば反発してくるからそれで分かるよ」

分量はともあれ、魔力の込め方自体もリミットの手ごたえも、聞いた感じでは学園の最終課題の時と同じだ。

魔力を込める作業は、仕上げにしてポーション作りの肝《きも》に当たる部分。

込める魔力が足りないとただの色水のままだし、多すぎると小さく爆発《ばくはつ》してしまい、魔力が霧散《むさん》して粗悪品になってしまう。

一度入れ始めたら止められない。止めてしまうと、二回目はどんなに頑張っても魔力を吸収させる事は叶《かな》わなくなる。つまり一発勝負だけど。

大丈夫《だいじょうぶ》。きっとできる。

一度小さく深呼吸をしてから、目の前の鍋《なべ》に意識を集中させる。

手のひらから魔力をジワリと、ポーションに押《お》し当てるようにして放出していく。

抵抗《ていこう》なく、魔力が吸収されていく。細く長く、糸をつむぐように。途切《とぎ》れないように注意しながら、魔力を注ぎ――。

《シルヴェスト、すごい！》

ブリザの声が、厭《いや》に鮮明《せんめい》に耳に届いた。

それまでずっと、彼らが何をしているのか、まるで気にしていなかった。だから、この時になってからだった。――シルヴェストの精霊術の行使に気が付いたのは。

きっと、間と環境《かんきょう》が悪かったのだと思う。今はポーションの魔力注入の段階で、シルヴェストたちと私の距離《きょり》はそう離《はな》れてはいなかった。それが悪い奇跡《きせき》を起こした。

私の目の前のポーションの鍋に、シルヴェストが出していたのだろう風の力が引き寄せられた。少なくとも私には、そう見えた。そして。

《え？》

彼《かれ》の力が、シュポッという小さな音と共にポーションの中に吸《す》い込まれた。

シルヴェスト自身さえ思わずそんな声を上げるほどに、ほんの一瞬の事だった。

何、今の。何が起きて、どうなった？

状況《じょうきょう》を理解しようと懸命《けんめい》に考えてみるけど、初めての事象を前にしているのだ。答えは全然出てくれない。

分かるのは、ブリザが《アディーテのお仕事の邪魔しちゃダメだよぉ》と笑っているけど、おそらくシルヴェストにそういう意図はないだろうという事だけ。

彼の驚きの表情は本物だ。そこに疑う余地はない。

《……あー。そういえば、こういう事も時には起きたような？》

遅《おく》ればせながら驚きの表情を崩《くず》して笑ったシルヴェストだけど、いつものようなおちゃらけた雰囲気《ふんいき》を作るのには失敗してしまっている。

表情が引きつっている。軽い口調で事をなあなあにしようとしているけど、自分でも無理がある事くらい分かっているのだと思う。

彼がこんなふうに取り繕《つくろ》おうとするのも、仕方がないだろう。

私でさえ、ヒシヒシと感じ取れているのだ。

おそらく、つい先程《さきほど》まで中級回復ポーションになりつつあったこの目の前のものは、もう普通《ふつう》のポーションではない。

ポーションとしては成功だけど、中級回復ポーションとしては失敗作。そういう代物が出来上がってしまった事が。


「お、できたかな？　どれどれ……」

私のポーションへの魔力注入は、シルヴェストの力を吸い込んだ直後に訪《おとず》れた反発に従って止めていた。それに気が付いたコトさんは、ポーションをポーションたらしめる最後の作業が終わった事に気が付き、うまく作れたかを見るために、鍋の中を覗《のぞ》き込んでくる。

そしてすぐに「ん？」という顔をした。

「おかしいな。このポーション、出来上がりは黄金色の筈なんだけど」

思わずギクリと肩を揺《ゆ》らす。

鍋の中の液体は、淡《あわ》い緑色だ。シルヴェストの力を吸い込んでしまった直後に、色が変わってしまっている。

調べられてしまいでもしたら、マズい。そう思い、私は必死に笑顔を作って「あ、あの

コトさん？　失敗してしまったようなので、もう一度作り直しを――」と取り繕ってみたのだけど、相手はポーション作りのプロだ。

「たとえ魔力注入に失敗しても、色は変わらないんだけど……鑑定《アプレイザル》」

もちろんごまかしが利《き》く筈もなく、彼女は流れるような思考で鑑定魔法を鍋にかけた。

解析《かいせき》の結果は、すぐに鍋の上に可視化される。

どの魔《ま》法《ほう》も術者の練度によって威力《いりょく》や精度が変わるものだけど、鑑定魔法も例外ではない。彼女の魔法は、以前学園で先生がかけていたものの、何倍もの情報が表示されていた。

たくさんの項目《こうもく》と数字の羅列《られつ》の中には、私には一部意味の分からない内容も含《ふく》まれている。しかしその中の二つ、『名称《めいしょう》』と『効果』という項目にだけは、明らかによろしくない結果が出ている事は、私にもすぐに理解できた。

「『名称：不明。効果：飲んだ人を中心に、半径二十メートル以内の全員をヒーリングするポーション』？」

後ろでずっと私たちの様子を見守っていたセリオズ様が、その内容を口にした。少し驚いている声色《こわいろ》が、今が私にとって芳しくない状況だと教えてくれている。

恐《おそ》る恐るコトさんの方を見れば、彼女はフルフルと体を震《ふる》わせていた。そして。

「おぉぉぉぉぉぉおお！　これは!!」

まるで堰を切ったかのように、大きな雄《お》たけびが上がる。

作業をしていた周りの方たちも、流石に皆こちらを見たのが分かった。しかしコトさんは、そんな事など気にしていない。

「すごいよ、すごい！　こんなの初めて見る！」

天井《てんじょう》に鍋を掲げながら言うものだから、表示されている鑑定内容が自《おの》ずと他の師団員たちの目にも入りやすくなってしまったようだ。

「おい、部長の鑑定結果に『不明』って出てるぞ」

「こんなの見るの、初めてだ」

室内に、さざなみのようにざわめきが広がる。

彼らが『不明』に注目する理由が分かってしまうだけに、私は頭を抱《かか》えるしかない。

鑑定魔法《かんていまほう》によって分かる内容の精度は、術者の魔法的・知識的練度によって変わる。私が見ても意味がよく分からない数字や単語が多いのは、それだけ彼女が私よりも研究によって様々な知識を得ている証拠《しょうこ》だと言っていいだろう。

そんな鑑定ができる彼女が、不明という結果を出した。

それはすなわち、彼女がまだ知らないポーションが、今ここにあるという事で。

「……あのね、アディーテ。師団の治癒部《ちゆぶ》っていうのはね、この国の薬学の最高峰《さいこうほう》。私自身、薬学に関しては知識の泉である事を自負している」

彼女が、グリンと顔をこちらに向けてきた。

「常に世界各地の薬学情報を噂レベルまで網羅《もうら》して、必要とあらばどんな場所にも自分で直接足を運ぶ。未知を探求し常に知識を更新《こうしん》し続ける事を、生き甲斐《がい》にしているくらいだ。つまりね」

座っている私よりも若干《じゃっかん》背が低い彼女が、座っている私にズイッと顔の距離を詰めてくる。

「どうやってこのポーションを作ったんだい?! 再現性は？ 量産は??」

「えっと」

爛々《らんらん》と期待に輝く瞳に、私は思わずたじろいだ。しかし彼女はそんな事には、まるで頓《とん》着《ちゃく》する気配がない。

「そもそも何だい?! この『飲んだ人を中心に、半径二十メートル以内の全員をヒーリングするポーション』って！ 成分鑑定結果ではポーション自体に風属性がついているのが見て取れるけど、そもそもポーションには魔力を注入するものであって、今まで魔法を混ぜるなんて事をした人はいなかった！」

「その」

「そんな事思いもつかなかったよ！　何で思いつかなかったんだろう。いや、それよりも、どこからそんな着想を?!」

どうしよう。あまり下手な事は言えない。

だって私が注入したのは、風魔法《かぜまほう》ではなく魔力なのだ。ポーションの中に吸い込まれたのはシルヴェストの精霊術《せいれいじゅつ》だけど、精霊術は私にしか感知できない。

今は興奮しているからか思い至っていないみたいだけど、落ち着いた彼女が「あれ？　アディーテは風魔法なんて使っていなかった筈だけど、じゃあポーションのあの風属性はどうやってつけたのか」と考える可能性は、大いにあるのではないだろうか。

もし今軽はずみに何か発言をして、彼女に違和感《いわかん》を与えてしまったらどうなるだろう。

今回の件に精霊が関係していると気がつかれたら？　そこから私が聖女であると知られたら？

今の楽しくて充実《じゅうじつ》した生活が、脅《おびや》かされるのは困る。しかし。

「ポーションに範囲ヒールの効果を持たせる事ができるっていうのはつまり、これ一本で普通のポーション何本分もの活躍《かつやく》ができるっていう事だよ！　遠征時《えんせいじ》に持っていけば、荷物の軽量化ができる。これはとってもすごい事だよ?!」

「あの」

「それに、ここ二百年の間、魔法薬学会は古《いにしえ》の術を受け継《つ》ぐ事に力を入れていた。新しいポーションが生まれるなんて、本当に稀《まれ》で快挙なんだよ！」

胸の前でグッと両手を握《にぎ》って、コトさんが言葉を待っている。

どどどどどどど、どうしよう。必死に外面を取り繕っているけど、笑顔《えがお》が引きつっている自覚がある。

何か聞けるまで幾《いく》らでも待つ、といった気概《きがい》をヒシヒシと感じる。間違《まちが》っても逃《に》がしてくれる雰囲気ではない。

この状況を打開する方法は……そんなのまったく思いつかない！　誰《だれ》か助けて！

「コト」

「何、師団長。ちょっと後にして――」

「師団宛《あ》てに小包が届いていましたよ？　たしか送り元はダストン村で、内容物は『生薬』だったと思うのですが、たしか先日貴女《あなた》が行った村の名前ではありませんでしたか？」

「えっ、どこにある?!」

邪険《じゃけん》な声だったコトさんが、セリオズ様のその言葉を聞いて、顔ごとグリンとあちらを向く。

今度はセリオズ様に詰《つ》め寄ったところを見ると、どうやら彼女は何かに興味を持つとすぐに物理的に人との距離が近くなるようだ。

私は驚《おどろ》いた彼女の勢いに、セリオズ様は驚かない。浮《う》かべていた微笑《びしょう》を崩さずに、サラリと「師団宛てでしたから、もちろん在処《ありか》は師団の倉庫ですよ」と言葉を返す。

師団の倉庫は、物の出し入れを考慮して駐屯棟《ちゅうとんとう》の入り口付近にある。棟《とう》の最奥《さいおう》にあることの場所からは、少し距離がある。

「私宛《あて》だと思ったんなら、持ってきてくれればいいのに！」

「コトのものだという確証がなかったので」

「ひどい！」

「ひどくはないでしょう？　宛先《あてさき》は『王城、魔法師団』としか書かれていなかったのですから」

目に涙《なみだ》をためて両手を上げ、タルンと下がった袖をブンブンと振《ふ》りながら抗議《こうぎ》するコトさんの姿は、身長差も相まって、一見すると年の離れた兄妹喧嘩《げんか》のようにも見えた。

こんなふうに抗議をされてしまったら、私なら間違いなくオロオロするだろう。しかしセリオズ様は、慣れているのか。大して取り合わないどころか、小さくため息さえついた。

「手元まで持ってきてほしいのなら、面倒臭《めんどうくさ》がらずに先方に、きちんとコト宛てに送ってもらうように、お願いしてください」

「それよりも、貴女が取り寄せたいと思うほどの『お宝』なのでしょう？　早く取りに行った方がよいのではないですか？　『材料は、一秒ごとに劣化《れっか》する。だから一秒でも早く、適切な環境下で保存する必要がある』というのが、貴女の口癖《くちぐせ》だったでしょう？」

「うー!!」

そんなセリオズ様の言葉に、コトさんはパタパタと駆《か》けていく。

とりあえず命拾いした。……もしかしたら延命かもしれないけど。

そんなふうに思いながら彼女の背中を見送って、ホッと安堵《あんど》の息をつく。すると彼が、こちらを見てニコリと微笑んだ。

「では帰りましょうか、アディーテ」

「えっ」

挨拶《あいさつ》もせずに勝手に？　いいのだろうか、礼儀的《れいぎてき》に。

「別にこのくらいで怒るような人ではありませんよ、コトは。それに」

彼はそこまで言うと、首を傾《かし》げる。

「いいのですか？　戻ってきたら十中八九、先程の話の続きとして質問攻《ぜ》めにされるともいますが」

「それは……困ります」

「そうでしょう？」

そう言うや否《いな》や、彼は早々に歩き出す。

置いていかれないようにと小走りをして、彼の隣《となり》に追いついた。すると、小声でこんなふうに言われる。

「最後まで用事を手元に残しておいて、正解でしたね」

思わず一瞬《いっしゅん》キョトンとした。しかしすぐに思い出す。

そうだった。今日ここに来たそもそもの理由は、セリオズ様の用事を済ませるため。私のコトさんとの顔合わせや治癒部の紹介《しょうかい》はあくまでも、そのついでという話だった、と。

――セリオズ様は、やはりどこにいてもセリオズ様らしい。

相変わらずの抜け目《ぬけめ》のなさに、私は思わず笑ってしまった。

第二章 初遠征が決まりました。治癒部を再訪したところ、更に目立ってしまいました

師団の訓練場へと向かう、朝の王城の廊下。ほんの少し前までは「通勤路としてすっかり歩き慣れた道だ」と思っていた道だけど、最近は少し勝手が違《ちが》う。

「困りました……」

周りからの目が痛い。以前から企み顔と噂されていたのだから今更《いまさら》だろうと言われればその通りではあるのだけど、向けられている視線の種類がまったく違うのだから、居心地《いごこち》の悪さが半端《はんぱ》ない。

眉《まゆ》を八の字にしながら言えば、今日のお迎《むか》え役・シードが片眉を上げながら「アンタ、今や注目の的だもんね」と苦笑《くしょう》する。

原因は、先日の治癒部での一件に他ならない。

あの日はどうにかコトさんからの追及《ついきゅう》を逃れられたものの、新種のポーションを作ってしまったという事実は変わらない。

あの部屋のすべての人が目撃者《もくげきしゃ》だ。セリオズ様曰《いわ》く「元々それ自体の口止めは難しいだ

ろう」との事だったし、私自身も同じように思った。

しかしまさかこんなにも早く、城内に噂が出回るとは。

それもこれも、ほぼ間違いなく『二百年ぶりに新種のポーションを作った鬼才《きさい》』などという大層な冠《かんむり》が独り歩きしたせいだろう。

「ここ二百年の間にも、元のポーションの改良版や複数のポーションをかけ合わせた新種の製作には、成功している筈《はず》なのですけどね」

あの後知った話だけど、コトさんは実際にそういった研究をし、幾つもの成果を出している。彼女もまたセリオズ様に次ぐ若い出世頭《しゅっせがしら》なのだけど、それは王国史を遡《さかのぼ》っても、一二を争うほどの速度で成果を上げているお陰《かげ》でもあるらしい。

それと比べたら私なんて、事故でたまたま一つ結果を出したに過ぎない。

「私などより、コトさんの成果をもっと評価すべきだと思うのですけどね」

「その治癒部長が特に率先《そっせん》して『鬼才だ』って言い回っているんだから、そんな顔する必要はないわよ」

申し訳なさに声のトーンが下がった私に、シードはシッシッと何かを追い払《はら》うような手《て》振《ぶ》りをしながら言う。

たしかにその通りなのだけど、むしろここまで早く噂が出回った理由の一端《いったん》は間違いなく彼女が嬉々としてあの件を自慢《じまん》して回ったからなのだけど……などと思いながら、通りすがりにチラチラと好奇《こうき》の目を向けてくる文官たちの横を通り過ぎる。

「私としては、やはり一発屋の私ではなく、ずっと努力を積み上げている方こそ評価されてほしいのですけどね」

「あの治癒部長は、ちょっとポーション作りへの愛が迸《ほとばし》り過ぎてるっていうか。情熱があり過ぎて奔放《ほんぽう》だから、成果よりも素行の方が目立つのよねぇ、どうしても」

シードの「普通は、部長自らあんなに頻繁《ひんぱん》に、王城外に出向く事なんてあり得ないのよ？」という言葉には、たしかにそうだろうなと思う。

部長というのは、そもそも組織を束ねる長だ。長が度々《たびたび》組織を空けていては、普通は統《とう》率力《そつりょく》が損《そこな》われて組織は綺麗に空中分解……なんていう事もあり得る。

そうなっていないのは、おそらく。

「コトさんを支える治癒部の副部長様は、きっと優秀《ゆうしゅう》なのでしょうね。そんな副部長様を信頼《しんらい》して任せているコトさんも素敵《すてき》です」

コトさんは魔法薬学会のために研究に没頭《ぼっとう》し、実績で治癒部を引っ張る。副部長様は、そんな彼女を支える縁《えん》の下の力持ち。副部長様にはまだ会った事はないけど、そういう構図が思《おも》い浮かぶ。

そういう方が近くにいてくれるのは、とてつもない幸運だ。

私にはずっとシルヴェストがいてくれたし、今はセリオズ様やシードたちもいる。そういう相手の存在がどれだけ頼《たの》もしいのかは、私もとてもよく知っている。

そう思えば、無意識のうちに口角がやんわりと上がった。

しかしそんな私とは対照的に、シードは呆《あき》れた顔になる。

「色々と考えてるみたいだけど、きっと治癒部長《あの人》の事だから、師団を率いる責任とか自分の立場とか大して考えてないわよ」

「え？」

「好きに動いてるだけよ、あの人は。お陰で副部長の心労は絶えないんだから」

そう言われたら、頭の中で互《たが》いの背中を預け合っているコトさんとまだ見ぬ副部長様の姿が、あっという間に元気に駆けだしていくコトさんと疲《つか》れた顔で胃を押さえる副部長様の構図に変わってしまった。

「本当にアンタは、育ちがいいというか、何というか。ちょっと純粋すぎるのよねぇ」

苦笑しながら小さなため息をついてきた彼に、私は「そうなの？」と小首をかしげる。

いつものようにすぐ近くを飛んでいたシルヴェストも、どうやら話を聞いていたらしい。

《実際あの薬学幼女は、本能で生きてる感じがするよね。アディーテとは正反対》

（私だって、別に理性で生きている訳じゃないわよ？）

《でも、基本的には動く前に、頭の中で色々と考えるタイプでしょ？》

それはまぁ、たしかにそうかもしれない。

少なくとも思った瞬間《しゅんかん》に行動に起こす事なんて稀だ。自分の行動の結果、どんな事が起きるのか、動き出す前にどうしてもそちらに思考が行く。

《僕はそういうアディーテの慎重《しんちょう》さ、結構好きだけどね。それだけ『今』を大切にしてるっていう事でしょ？　僕はその『今』に僕自身が含まれてるって知ってるからね！》

胸を張ってそう言った彼は、《まぁたまにその慎重さが、ちょっと歯痒《はがゆ》くはなったりするけどね》と言葉を続けて笑った。

彼の言う通りだ。私が大切にしたい『今』はシルヴェストたちが見えて話ができる平穏《へいおん》な今であり、師団の人たちが仲良くしてくれている今である。

よく分かってくれている彼に、私も小さくフフッと笑う。しかしそうやって曲がり角に差し掛《か》かったところで、目の前にヌッと現れた大きな人影《ひとかげ》に驚いて立ち止まる。

相手も同じだったようだ。互いに足を止めたお陰で、ギリギリのところでぶつからずに済む。

「すみませ――ダンフィード卿《きょう》？」

「お前は謝るのが趣味《しゅみ》なのか」

上げた視線の先にいた燃えるような赤い短髪《たんぱつ》の男性に、そんな事を言われてしまった。

広い肩幅《かたはば》に、分厚い胸板《むないた》。素人目《しろうとめ》に見ても日々体を鍛《きた》えていると分かる体つきの方が、三白眼の眉間《みけん》に皺《しわ》を寄せて私を見下ろしてきている。そんな状況に威圧感《いあつかん》を抱《いだ》かずにはいられない。

しかし私は少なからず、彼という人を知ってもいる。

「ちょっとアンタ、もうちょっと言い方に気を使えないの？　レディに向ける言動じゃないのよ、毎回」

「悪気がないのは分かっているのですし、いいではないですか。シード」

腰《こし》に手を当てながら軽くため息をついたシードを、小さく苦笑しながら「まぁまぁ」と取り成す。

その横で、シルヴェストがニヤリ顔で《またアディーテに会うために、待ち伏《ぶ》せでもしてたんじゃない？》なんて言っているけど、それは敢《あ》えて無視をしておく。

だってそんな訳がないじゃない。

忙《いそが》しい身の彼に訳もなくそんな事をする暇《ひま》なんてないだろうし、彼も以前「師団へ向かう道中で鉢合《はちあ》わせる事が多いのは、護衛の交代や休憩時《きゅうけいじ》に城内の様子を見回っているから」

だと言っていた。

彼はとても真面目で仕事熱心な方なのだ。そんな方にあんな勘違《かんちが》い、失礼だ。

「それで？　王太子殿下の護衛様が、今日は一体アディーテに何の用事なのよ」

「別にこの女に用事がある訳ではない。……が」

私の目をジッと見て、彼は続けた。

「最近かなり目立っているな。隠れたいのではなかったのか」

その声に私がビクッと肩《かた》を震わせたのは、何も彼の視線が抜き身《み》のナイフのように鋭《するど》かったせいなどではない。

彼は、セリオズ様以外で私が聖女だと知っている、ただ一人の方である。そして私が自らの正体を隠している事にあまり賛成していない。

彼は私に「聖女にしかできない事をするために、聖女である事を明かす事こそ力あるものの義務である」と思っている方だ。

だからこそ鋭いこの視線が、私にはどうにも「何故『目立ちたくないから』と人には口止めしておいて、こんな噂をされて目立っているのか」と言ってきているように思えてならない。

「私にその気はなかったのですが……」

「アンタもこの子の性格を知ってるんだから、別に好きで目立ってる訳じゃないって分かるでしょうが」

私の声に、シードが呆れ交じりの声で擁護《ようご》を重ねてくれる。

おそらく彼は、ダンフィード卿が「周りの目から隠れたがっているのではなかったのか」と問い詰めていると思ったのだろう。

そう思ってくれている事に、密《ひそ》かにホッと胸を撫《な》でおろす。一方で、彼の咎《とが》めるような視線からは、逃げるようにやんわりと目を泳がせた。

「実際には噂は、それ程《ほど》生活に影響《えいきょう》を及《およ》ぼしてはいません。セリオズ様がうまく取り成してくださって、私には何の制約もなく今まで通りですし」

そう言う事でシードにはバレずに、ダンフィード卿に「未《いま》だに秘密は守られている。誰にもバレていない」と、暗に伝えたつもりだった。しかし彼はその言葉を聞いた瞬間に、何故《なぜ》か眉間の皺を更に深くする。

何故そんな顔になったのか、一瞬意味が分からなかった。

一拍《いっぱく》置いて気が付いたのは「私がきちんと正体を明かし、聖女としての義務を果たすのが筋だと思っている彼からすれば、もしかしたらそのままバレてしまった方が都合がよかったのかもしれない」という事だ。

しかし、結果から言うとその予想は外れた。

「……あの優男《やさおとこ》の名を聞かせるな、イラッとする」

「アンタ、本当に師団長の事、嫌《きら》いよねぇ」

吐《は》き捨てるようなダンフィード卿の声に、シードはため息交じりに応じる。

おそらくダンフィード卿は、「優男」という単語をいい意味では使っていないだろう。

そんな彼の言葉を流れるように「セリオズ様の事だ」と脳内で変換《へんかん》して答えたシードもまた、暗に彼を「優男」だと揶揄《やゆ》した事になると思うのだけど、果たして彼はその事に、気が付いているのか、いないのか。

頭の端《はし》でそんなふうに考えていると、一体何を思ったのか。ダンフィード卿が「別にこの苛立《いらだ》ちを、その名を出す人間のせいにするつもりはない」と一言そえてくる。

ぶっきらぼうな言葉ではあるものの、わざわざきっぱりと「お前のせいではない」と言ってくれるあたり、彼はやっぱり心根のまっすぐな優しい方だと思う。

そんな彼に、私は思わずクスリと笑った。

不器用な彼の優しさに気が付いたからだけではない。彼の苛立ち顔が、どこか私には少し拗《す》ねているようにも見えたから。

「お二人は、やはり好敵手なのですね」

きっとセリオズ様への対抗心《たいこうしん》が、そんな表情をさせたのだろう。そう解釈《かいしゃく》して、私は小さく頷《うなず》いた。

元々日頃《ひごろ》から軽口を叩《たた》き合う、仲良しな間柄《あいだがら》の二人の事だ。

対抗心も、互いを高め合うための材料になり得る。男性同士の友情を間近で見るのは初めてだけど、何だか微笑ましくなってくる。

しかし目の前の二人は、何故か渋《しぶ》い顔になった。

「おい待て、どこからそんな話になった」

「多分アディーテが今思っているのの三倍は、殺伐《さつばつ》とした関係性の二人だ思うわよ……？」

ダンフィード卿からはジットリとした目を、シードからは可哀想《かわいそう》なものを見るような目を、何故か向けられてしまう。

その上シルヴェストからは《まぁこれがアディーテだよね》と言われる始末。

《アディーテは、このままでいてね》

何故そんな事を言われたのか、思い当たる節はまるでない。

◆◆◆

ジャリッと土を踏《ふ》みしめて、私は目前の『敵』に目を向けた。

例に漏《も》れず、今日の連携《れんけい》訓練の相手は石造りのゴーレムたち。数は四体で、対するのも四人である。

いつもなら、配置が変わっても基本的に、まずアランドさんが強化魔法をかけ、ロイナさんが拘束魔《こうそくま》法《ほう》で敵を縛《しば》ってから、動きが止まった敵をシードは強化した拳《こぶし》で、私は魔法でそれぞれ砕《くだ》く。そういう役割分担になっている。

しかし最近は、私込みでの連携にも大分慣れてきた。そうなれば、新しい事に挑戦《ちょうせん》してみる余力も生まれてくる訳で。

「行くよー、アディーテ！」

「はい！」

ロイナさんに、私も短い言葉で応じる。

私も攻撃《こうげき》に参加したい。そんなロイナさんたっての希望に沿いたい。相棒として私を選んでくれた気持ちに、可能な限り応えたい。

そんな気持ちを編《あ》み込むつもりで、膨《ふく》れ始めた彼女の魔力の隣で、私も自身の魔力を練る。

「絡《から》め取り、締《し》めつけよ」

「水よ、渦巻《うずま》け」

行うのは、それぞれ別の魔法詠唱《まほうえいしょう》だ。

本来なら無詠唱《むえいしょう》で発動できる中級魔法を敢えて簡易詠唱するのは、発動タイミングを合わせるため。私たちがやろうとしている事を、成功させるために他ならない。

「棘蔦《ソーンアイビー》！」

「水渦《ウォーターボルテックス》！」

詠唱の終わりと共に、魔法が完成し事象が具現化した。

敵に狙《ねら》いを定めたロイナさんの茨《いばら》の蔦《つた》に、私の水魔法《みずまほう》が並走《へいそう》する。二つはゆっくりと巻きつくように絡み合い、一つの集合体――水の渦を纏う茨になった。

威力を増した魔法がこのままゴーレムに突《つ》っ込めば。そう思った時だった。

バチンッという音と共に、私たちの魔法が互いの共存を拒絶《きょぜつ》した。

「あっ」

その大きな反発は、せっかく一つになった魔法をただの二つの中級魔法に分離《ぶんり》させるどころか、それぞれの魔法を原型さえ失わせた。

魔法が霧散し、何もなくなる。それでもそれだけだったなら、きっとまだマシだっただろう。

弾けた魔法に気が付いたゴーレムが、こちらに距離を詰めてきた。

私たちは今、丸腰《まるごし》だ。身を守る魔法を発動させようにも、焦燥《しょうそう》が咄嗟《とっさ》の集中力を邪魔《じゃま》する。

逃げる事も難しくて、目を見開く事しかできなかった。しかしその脅威《きょうい》の後ろに、重なるようにして人影が追いすがった。

「うぉおらぁ！」

腕《うで》を振りかぶったシードが、珍《めずら》しく太い雄たけびを上げながら拳を敵に打ち込む。

空を裂《さ》くような彼の拳は、ゴーレムの背中をまっすぐに捉《とら》えた。鈍《にぶ》いインパクト音が辺りに鳴り響《ひび》き、ゴーレムの胸部に穴が開く。

空いた穴に収まっていた岩が瓦礫《がれき》となってこちらに飛んでくるが。

「岩盾《ロックシールド》」

アランドさんの詠唱と共に、地面から岩が生え私たちを守った。

それで終わりだ。もう敵となる相手はいない。

安全が確保された事への安堵と、ちょっとした落胆《らくたん》が心の中に生まれる。小さくため息をついたところで、アランドさんが「大丈夫？　二人とも」と声をかけてくれた。

「大丈夫です。ありがとうございます、アランドさん。シードも」

「別に、難しい事でもないわよ」

シードが、シレッとそんな事を言う。

しかし私たちが魔法を発動させていた時、彼は最後のゴーレムから距離を取っていた。あの雄たけびも、距離を詰めるために少なからず気合が必要だったからこそ出したものだろう。難しい事ではないにしても、簡単な事でもなかった筈だ。

そもそも、こうなった場合はアランドさんがカバーするという役割分担だったのだし、必ずしもシードの助力が必要という訳ではなかった。

それでも彼は助けてくれて、彼の介入《かいにゅう》があったお陰で、私たちの身の安全がアランドさんの魔法でより確実に保証された。

シードは本当に部下思いで、ちょっと素直《すなお》じゃない方だ。そんなふうに思えば、小さくクスリと笑ってしまった。

しかしそんな私の隣で、ロイナさんがガックリと肩を落とす。

「あー！　またダメだったー!!」

悔《くや》しそうな彼女《かのじょ》の声に、私も「ええ」と頷いた。

そう。また、ダメだった。

「やはり難しいですね、複合魔法は」

「的撃《う》ち練習だとできるんだけどなー」

「目の前に敵がいる状態だと、やはり焦《あせ》ってしまいますよね」

「本当にそれー」

悔しそうなロイナさんが「今回は行けると思ったのになー」と言いながら口を尖《とが》らせる。

私たちが今やろうとしているのは、複合魔法という代物《しろもの》だ。

複合魔法は、二人で力を合わせて一つの魔法を作るのではなく、異なる魔法を発動させてから組み合わせる。

同じ魔法をそれぞれ敵にぶつけるよりも著《いちじる》しく威力が上がるものの、その分精密な魔力《まりょく》操作が必要になる。たとえば人の指紋《しもん》のように一人一人異なる魔力の流れを、ピッタリと重ねなければならないのだ。

それに失敗してしまうと、先程のように途中《とちゅう》で魔法同士が反発し、魔法が効果を為《な》さなくなる。

そのために鍛えなければならないのが、精巧《せいこう》な魔力制御《まりょくせいぎょ》と、実践《じっせん》でも落ち着いてそれを成す集中力。そして前者はともかくとして、後者は実践練習をして慣れていくのみだ。地道にやっていくしかない。

「複合魔法なんて、下手したら一人で特級魔法をやるよりよっぽど難しいんだから、そう簡単にできて貰《もら》っちゃあ、こっちだって困るわよ」

呆れたような顔のシードのこの言葉は、素直じゃない彼《かれ》なりの応援《おうえん》と、一種の慰《なぐさ》めなのだろう。

おそらくそれは、ロイナさんも分かっている。しかし、その上で、更に口を尖らせる。「でも私だって、早く強い戦闘魔法《せんとうまほう》を使えるようになって、あの人みたいにカッコよく皆《みな》を救いたいんだもんー」

「まぁ特級魔法なんて、発動には才能が必要だしね。実際に使えるのなんて、師団長とシードくらいだろうし」

アランドさんの言う通り、特級魔法には個人の素質が必要だ。対して複合魔法には、中級以上の魔法が使えれば、後は術者同士の相性《あいしょう》と練度に依存《いそん》する。

これは、戦闘系《せんとうけい》の魔法は不得手で、上級攻撃魔法《こうげきまほう》は実践投入が難しい彼女が、魔法師団に入るキッカケになった『あの方』の背中を追うために、必要な選択《せんたく》と努力なのである。

「でも私、諦《あきら》めないよー！　だって、強化・防御魔法《ぼうぎょまほう》に精通したアランドと、単騎突撃《たんきとつげき》のシード。二人が使う魔法と私のとじゃあ相性が悪くて、一度は諦めかけた夢。けど、そこに現れた相性のいい魔法使《まほうつか》いだもんー！　こうして根気よく練習にも付き合ってもらってるし、絶対にできるようになりたいー!!」

「ええ、もちろん私も諦めません。ロイナさんの夢の一翼《いちよく》を担《にな》えるだなんて光栄な事ですし、これが完成すれば、また一つ私たちの戦闘の選択肢《せんたくし》が増える事にもなりますから」

お互いに改めて気持ちを表明すると、シードが「まぁやる気があるのはいいんじゃない？」と言ってきた。

不器用な鼓舞《こぶ》に、思わずクスリと笑ってしまう。

と、そこに。

「惜《お》しかったですね」

「師団長、アンタまた見てたの？」

いつの間にかこちらに歩いてきていた水色の髪《かみ》の美丈夫《びじょうふ》に、シードが呆れ気味《ぎみ》に答えた。

しかし「また」という言葉通り、彼——セリオズ様が私たちの訓練をいつの間にか見ているのも、それに呆れるシードもいつもの事だ。

彼は対して気にした様子もなく、シードの呆れを「たまたまですよ」と往《い》なす。そして、こう言葉を続けた。

「今日は、きちんと師団長の仕事の一環《いっかん》です。アディーテに一つ通達を持ってきました」

「通達、ですか？」

何だろう。私が首をかしげていると、休憩時間だと察したシルヴェストが定位置の木陰《こかげ》からフワフワと、こちらに向かって飛んでくる。

「今度の『間引き遠征』に、アディーテも同行してもらいます。つまり初陣《ういじん》という訳ですね」

「えっ」

頭の上にタイミングよくポテッと落ちてきたシルヴェストが、驚く私の顔を逆さ向きに覗《のぞ》き込《こ》みながら《ん？　どうしたの？》と言ってくる。

しかしそちらに答える暇はない。

「心配はいりません。場所は王都周辺にある森の一つ。それ程強い魔物《まもの》が出る訳ではありませんし、定期的に発生する遠征で、緊急性《きんきゆうせい》がある現場でもありません。それに」

そこまで言うと、セリオズ様は優《やさ》しく微笑《ほほえ》んだ。

「俺《おれ》も行きます。約束通り、君は俺が守りますから」

その言葉で、以前私に似たような事を言った時の事を思い出す。

あの時の真剣《しんけん》な眼差《まなざ》しと、距離《きより》の近さ。それらをつい思い出してしまって、急激に顔の温度が上がる。

すると、私の変化に気が付いたらしいセリオズ様が、楽しさを覗かせながら笑った。

私が何を思い出したか、間違いなくバレた。そんな気がした。

そんな彼に少しでも対抗《たいこう》したくて、目をそらす。しかし、きっと私たちにしか分からないこの密かな攻防《こうぼう》は、すぐに遠くから割《わ》り込んできた声にぶった切られた。

「あっ、いた！　アディーテ!!」

私の名を呼ぶ弾《はず》んだ声の主は、少し辺りを見回しただけですぐに見つける事ができた。コトさんがこちらに向かって片手を上げ、垂れた袖《そで》をフリフリと振っている。それが手招きだと分かったのは、次の言葉を聞いた時だった。

「アディーテ、遠征に行くんでしょー？　じゃあ準備しなきゃ！　とりあえずポーション、取りにおいでー」

遠征の準備にポーションが必要なら、もらって来ない選択肢は本来ない。にも拘《かかわ》らず、反射的に答えに躊躇《ちゅうちょ》したのは、先日の一件以来、彼女があの新種のポーションの詳細《しょうさい》に興味津々《きょうみしんしん》だからである。

彼女の事自体は嫌いではない。むしろ博識で、先日話をした時は、学びも多くて楽しかった。

しかし、よく訓練場に私を探しに来てはポーション作りに誘《さそ》ってくるようになった彼女に、私の野生の勘《かん》のようなものが『危険だ、近寄らない方がいい』と警告しているような気がするのだ。

だからあれ以降、会えば立ち話こそする事はあるけど、治癒部《ちゆぶ》の部屋には行っていない。いつも訓練を建前に断って、「じゃあ休みの日に遊びに来るのでもいいから」という誘い文句もやんわりと笑《え》みを浮かべて回避《かいひ》してきた。

彼女もこれまでの私の反応で、私のそんな気持ちを察しているようだ。

「本当に今回は、ポーション作りは頼んだりしないからー」

そう言って、遠くで「早くー！」と呼んでくる。

彼女の言葉を信じていいのだろうか。判断に困って、セリオズ様の方に目を向けた。すると返ってきたのは、私を安心させるような微笑みだ。

「コトは、少し困った知識の探究者ですが、嘘《うそ》をついたりはしません。せっかくのご指名ですし、行ってきてはどうですか？」

そんな言葉に背中を押《お》されて、私は「分かりました、行ってきます」と答えた。

アランドさんから「一緒《いっしょ》に行こうか？」と言われたけど、「ありがとうございます、大丈夫《だいじょうぶ》です」と笑顔で断る。

小走りでコトさんの元に向かうと、後ろからシルヴェストもついてきた。

背中越《ご》しに「レグ・ダンフィードといい、治癒部長といい、師団長といい。アディーテって変わった相手に好かれてるわよねぇ」という苦笑交じりのシードの声がした気がしたけど、結局私はその声に振り返る事はしなかった。

治癒部へと向かう道中、スキップしながら前を歩くコトさんが、声まで弾ませながら振り返ってきた。

「そういえば、初めての遠征なんだってね。緊張《きんちょう》しているかい？」

「そうですね。緊張も不安もありますが、まだいまいち実感がないのか、ちょっとフワフワとした気持ちです」

我ながら説明が抽象的《ちゅうしょうてき》すぎるなとは思う。しかしこの言葉以外に、今の心境を言い表せる言葉がない。

あまりうまく伝わっていないだろうな……と一人苦笑すると、意外にもコトさんは「ははっ」と笑った。

「分かるなぁ。初めての場所に行くのって、未知との遭遇《そうぐう》だもんね。私だって、噂《うわさ》を聞いて出向く時は、いつだって期待と不安が入り混じってフワフワとした気持ちになるよ」

驚いた。

別にコトさんが私の気持ちに、共感してくれたからではない。……いや、少しはそうでもあるものの、それ以上に別の事に目を見開く。

「コトさんの事ですから、不安なんて感じないものだとばかり思っていました」

「私だって不安に思う事くらいあるよ？　人間だもの」

そうだよね、やはり、人間誰《だれ》しも見知らぬ場所では「失敗するかもしれない」と少なからず不安に思うもの――。

「いつも思うよ、『もし噂がガセだったら』って。せっかく足を運んでも結局収獲《しゅうかく》ゼロだなんて事、結構あってね」

《残念ながらこの小さいのは、やっぱりアディーテとは精神構造が違うみたいだ》

（シルヴェスト）

《直感的で行動力が高い。僕《ぼく》たち精霊《せいれい》にちょっと近い》

そう言われれば、たしかにそうかもしれない。

特に自分の好きな事のために一直線で、いつも楽しそう。時にはそのせいで周りが見えなくなる事も少しあるけど、そういうところも、気分屋で自分の気持ちに素直なシルヴェストたち精霊に似ているかもしれない。

もしかしたら、彼女を強く突き放《はな》す気にならないのは、そういう彼女の性格がどこか私に親近感を抱かせているからなのかもしれないな。そんなふうに内心で独り言ちる。

本当なら、先日の新ポーション事故の一件で正体がバレる危険がある相手だ。

近付かない方がいいに決まっている。なるべく会わないように逃《に》げた方がいい。彼女はそういう相手だろう。

にも拘《かか》わらず、私は彼女の近くにいて、先日の一件を聞き出そうとされて困る事こそあれど、嫌《いや》だとは一度も思った事がない。

何故なのか。その謎《なぞ》が今少し解けた気がす――。

《アディーテェエエエエエエ》

（え？）

突然《とつぜん》聞こえてきた絶叫《ぜっきょう》に、振り返る。そして。

「ほぶっ」

どうやら今日も相変わらず、顔面に突撃《とつげき》してきたらしい。振り返った瞬間に、視界はゼロに。顔の上半分に、モフモフとしたものが張り付いた。

口から変な声が出たのは、突然の衝撃《しょうげき》に思わず、だ。しかし、もし張り付いてきたものの正体が私が想像しているもので正しかった場合、他の人は私の今の状況《じょうきょう》は分からないだろう。

「ん？　どうしたの？　アディーテ。もしかしてくしゃみ？」

「あ、いえ、その……」

まさか「貴女《あなた》には見えていないかもしれませんが、実は突然顔面に突撃してきた精霊がいまして」などとは、口が裂けても言えない。

視界ゼロのまま、コトさんの思い違いにどう反応したものかと悩《なや》む。

そうこうしているうちに、モフモフがヨジヨジと頭の上に登ってくれたらしい。おかげで視界は回復した。しかしその結果見えたのは、何故か嬉《うれ》しそうに笑うコトさんだ。

「別に恥《は》ずかしがる必要はないよ。もっと個性的なくしゃみをする人、私一人知ってるし」

どうやら私が答えあぐねたのを、恥ずかしがったのだと思ってくれたらしい。もういいや、そういう事にしてしまおう。

「そのくしゃみの方というのは、もしかして仲良しの方なのですか？」

代わりに、あまりに嬉しそうに言うものだから興味をそそられて聞いてみると、彼女は大きく胸を張って言う。

「うん！　私の相棒、治癒部の副部長さ！　とっても仲良しなんだけど、その彼のくしゃみがとても芸術的なんだ！」

彼女が自慢げに言う理由はいまいちよく分からなかったけど、きっとその副部長とは仲良しなのだろう。そんな関係性が透《す》けて見えるような満面の笑みを浮《う》かべる彼女に、とても微笑ましい気持ちになったのだった。

治癒部の部屋は先日と変わらず、集中力を持続させるにはもってこいの環境《かんきょう》を維持《いじ》していた。

先日の一件のせいで私の事を知っている人がもう殆《ほとん》どだろうに、すれ違っても目もくれずに自分の作業に向かっている彼らからは、並々ならぬ仕事への真剣さが窺《うかが》える。

彼らが見せるその勤勉さに、思わず感嘆《かんたん》のため息が出た。

しかし空中の二匹《にひき》は、そんな私の内心なんてまったく意にも介《かい》さない。

《ブリザ。君はいつもアディーテの顔面とか僕に突撃してくるけど、自分で止まるっていう事を知らないの？》

《ごめんねぇ。私も頑張《がんば》って止まろうとは思ってるんだけど……》

私の頭上にポテンと座《すわ》って反省の声を上げるブリザに対し、シルヴェストが呆れ声で《頑張ってもダメか》と呟《つぶや》いた。

しかしこんなやりとりは、最早《もはや》日常の一つだ。密かに内心で「反省するのはいいんだけど、頭の上から降りてくれないかなぁ」なんて思いながら、私はコトさんの後について歩く。

案内されたのは、先日初めてコトさんと会ったあの部屋の、ちょうど隣《となり》の部屋だった。

扉《とびら》は、彼女の部屋のような厳重なものではない。普通《ふつう》の木の扉である。

中に入るとそこは倉庫のような場所で、少しひんやりとした室内には、たくさんの棚《たな》や木箱があった。

「ここはね、作り貯《た》めしているポーション置き場。保存に適した環境にしてるんだよ」

部屋には窓がなく、室内を照らす光は今開けた扉から差すものだけだ。

ポーションは、日光に当てると劣化《れっか》が早くなる。涼《すず》しい暗所で保管するのが定石である事を考えれば、たしかにここは、温度にも光にも配慮《はいりよ》した、いい環境だと言えるだろう。

「えーっと、古いのは……」

口の中でそう呟きながら、コトさんは暗い部屋の中をまっすぐ進み、ある一角で足を止めた。木箱の蓋《ふた》を開けて覗き込んでは、その蓋を閉じてその隣のを……とやっているので、おそらくこの辺にあるのだろう。

一方私の頭上では、二匹のやり取りが続いている。

《で？　一体何だったのさ。さっき焦ってたのは》

《はっそうだ！　イリーの事だよ、シルヴェスト》

《イリー?》

シルヴェストが、怪訝《けげん》そうな声で聞き返した。

聞き覚えがある。たしか、ブリザのお目付け役としてやってくるという精霊だったと思うけど、その子がどうしたというのだろう。

「アディーテ、あったよ。これだ」

「あ、はい」

声に反応しそちらを見ると、両手で抱《かか》える程の大きさの木箱を手にしたコトさんが、ちょうど戻《もど》ってくるところだった。

受け取ると、見た目よりズシッとした重みがある。驚《おどろ》いていると、フフッと笑う声がした。

「ポーションは瓶《びん》に入れてるからね。百本も入っていれば、そりゃあ重いよ」

「遠征《えんせい》とは、そんなにたくさんのポーションを消費するものなのですか……?」

思わず不安になってしまう。

もしかして、遠征とは私の想像以上に危険度の高いものなのだろうか。だとしたら、不慣れな自分が足を引っ張ったせいで、他の方たちに危険が及ぶかもしれない。そんなふうに思ったのだ。

しかし、それは杞憂《きゆう》だった。

「心配しなくても、アディーテたちだけが使う訳じゃないよ。通常の遠征は、大きな街の周辺や主要な街道《かいどう》への被害《ひがい》を未然に防ぐための、言わば魔物の間引き。各所で定期的にやるんだ。別の人たちも、別の場所に行くんだよ」

つまり、その方たちが使う分も入っているという事なのだろう。

よかった。笑いながら教えてくれるコトさんに、私はホッと胸を撫《な》でおろす。

すると、何やらコトさんが不思議そうな顔で聞いてくる。

「そんなに危険な場所に出るのが心配なら、異動願いでも出せばいいのに。治癒部は基本的に内勤だけだし、アディーテならいつでも大歓迎《だいかんげい》だよ？」

言いにくいんなら、私から言おうか？　コトさんが、そんなふうに気を回してくれた。

今の彼女から感じるのは、先日のように私が作り出したものに目がくらんでの申し出ではなく、純粋《じゅんすい》な心配。

「あのポーションを作ったっていう実績だけじゃない。器具の使い方、材料の混ぜ方一つ取っても、薬学への向き合い方が見えるというものだよ。その点、アディーテからは薬学への愛を感じたからね。治癒部に入る資格は大いにある」

「ありがとうございます。そんなふうに言っていただけて光栄です」

偶然《ぐうぜん》出してしまった結果ではなく、きちんと私自身を認めての勧誘《かんゆう》だ。嬉しくない訳がない。

しかしそれでも、やはり私が一番いたいのは。そう考えると、自然と首を横に振《ふ》っていた。

「遠征討伐部《えんせいとうばつぶ》で、私なりに目標を見つけました。まだまだ未熟で、もしかしたら今度の遠征でも皆さんにご迷惑《めいわく》をかける事があるかもしれません。それでも」

それでも、私は他の人たちの夢や目標を応援したい。その助けになりたい。その意思を自ら捨てるような事はしたくない。それが今の私の素直な気持ちだった。

私の本気を感じ取ったのか、彼女は「そっか」と言って笑う。

「じゃあ私も応援するよ。頑張ってね、アディーテ」

「はい、ありがとうございます」

私も笑顔《えがお》で言葉を返し、先に部屋を出る彼女に続いて私もその部屋を後にした――のだが。

「さぁどうぞ！」

「何故、治癒部長室へ？」

あとはもう、受け取った荷物を持ち帰るだけ。てっきりそう思っていただけに、隣の部屋に通されたので疑問しかない。

思わず首を傾《かし》げた私に、コトさんがこちらを振り返った。調合準備万全《ばんぜん》の執務机《しつむづくえ》の前で、顔の前でパンッと両手を合わせて頼《たの》んでくる。

「お願い！　先日の新ポーションの作り方のコツを教えて！　アディーテに作れとは言わないから!!」

作れとは言わない。そういう事なら、たしかに当初の『ポーション作りは頼んだりしない』という約束は果たしている事になる。

おそらく、何度頼《たの》んでも再度の実演をしたがらない私の気持ちを尊重する事と、彼女の「新ポーションの作成法を確立させたい」という欲求の彼女なりの妥協点《だきょうてん》が、ここだという事なのだろう。

幸いにも、精霊術と魔法《まほう》はとてもよく似ている。事象具現化のための原料に、空気中にある自然の力をそのまま使うか、自然の力を取り込んで体内で魔力に加工して使うか。その違《ちが》いだけで、その後の力の汲《く》み上げ方《かた》や手ごたえにあまり大差はない。

私の体感では、おそらく必要とする魔力は精霊術よりも多くなるし、魔力操作も精密さを要求されると思うけど、私でもギリギリ再現できそうなくらいだ。コトさんにできない筈《はず》もない。

つまり、やり方を教えれば実際に同じものが作れると思う。

しかし、一つ問題が。

——うーん、口で説明できるかな。

なんせ、今の私にあるのは何となくの体感だけ。まだ実際には一度も試《ため》してみた事がない調合の感覚を、うまく教えられるかどうか。正直に言って、自信がない。

とはいえ、せっかくこうして真剣にお願いしてくれているのだ。はぐらかすのも、どうなのか。

きっとコトさん程の方なら、取っ掛《か》かりさえ掴《つか》めればあとは幾《いく》らでも自分で研究するだろう。

そうすれば、もう彼女からの問いに、一々ドキッとさせられる事もなくなる。もっと純粋に楽しみながら、お喋《しゃべ》りする事もできるようになる。

《アディーテがその人のために何かをしてあげたいと思ったなら、きっとそれが正しいよ》

悩む私に、長い耳の友人が耳元でそう言ってくる。

それは、イタズラ好きの精霊らしいそのかすような声でありながら、躊躇している私の背中を押してくれる言葉でもあった。

お陰《かげ》で私も、覚悟《かくご》が決まる。

「私ができる限りの事なら」

「本当?!」

とりあえず、やるだけやってみよう。そんな気持ちで頷けば、コトさんが顔をパァッと輝《かがや》かせた。弾む声に再度頷《うなず》けば、彼女はいそいそと机の前に座って、早速《さっそく》「それで？」と聞いてくる。

「最初はどうすればいい？」

やる気満々。それどころか目が「早く！」と私を促《うなが》している。

そんな彼女の様子が微笑ましくて、可愛《かわい》らしくて。思わずクスリと笑いながら「材料調合のレシピについては、コトさんに教えていただいた中級回復ポーションと同じです」と答える。

「違うのは最後の魔力を込める段階だけで」

「分かった！　まずはそこまでやる！」

彼女はその言葉の通り、すぐに作業を開始した。

流石《さすが》はコトさん、流れるようなその手際《てぎわ》に、私は思わず感嘆した。

無駄《むだ》がなく、だからといって雑ではない。正に『洗練されている』という言葉がピッタリとくるような動きで、見ていてとても美しく感じる。

「コトさんは、ポーション作りをし始めてどのくらいなんですか……？」

ポーションを煮詰《につ》めている間にそう尋《たず》ねると、彼女は「うーん」と考える。

「たしか十年くらいかな？　学生時代から薬学一筋で、師団でも最初から治癒部だったから」

十年。先日師団に入ったばかりの私にとって、何だか途方《とほう》もない時間に思えてしまう。

それだけ薬学に傾倒《けいとう》するのには、やはり何か理由があるのだろうか。

「薬学は、すごいよね。材料は、ただの道端《みちばた》の草やその辺に転がっている石。なのに調合したら、傷を癒《い》やしたり、耐性《たいせい》を付けたりする事ができるようになる。しかも組み合わせや調合の順番、魔力の入れ方や入れる量の少しの差で、別物になったり失敗したりする。とても奥《おく》が深くて、難しい」

そう言いながらも楽しげなのが、とても印象的だった。

「でも一番は、やっぱり『薬学は人を救う』っていう事だよ。使用者の命や思いを救うんだ。これだから研究はやめられない」

声色《こわいろ》から、表情から、彼女の仕事への矜持《きょうじ》が見える。

――あぁきっとこの方も、遠征討伐部の方たちと同じように叶《かな》えたいものがある方だ。

そうヒシヒシと感じ取る。

多分私は、こういう方たちに弱いのだろう。

私にできる事があるのなら、手を差し伸《の》べたい。一緒に頑張りたい。そんなふうに思わせられるから。

「で、次は？」

気がつけば、コトさんはあっという間に魔力を入れる前までの調合を終えていた。

手元から顔を上げた彼女に、私は慌《あわ》てて「えぇと」と考える。

「まず、風の魔力を練って」

「ふんふん」

「それを横から差し込むように……あっ」

「え、どうしたの？」

作業をしていたコトさんが、私の言葉に顔を上げた。

彼女に落ち度はない。私の言葉通りにやってくれていた。

にも拘らず、残念なお知らせをしなければならない。――私の説明がつたないせいで。

「多分、失敗です」

「えっ、本当？」

魔力を注ぐのを止めた彼女が、鍋《なべ》に鑑定魔法《かんていまほう》を使う。

鍋の上に出た鑑定結果は、やはり失敗。ポーションは、風の属性が付与《ふよ》されるどころか、元の回復効果も消えた、ただの色水になっている。

「何がダメだったんだろう」

目の前でコトさんが頭を捻《ひね》り、思案しているようだった。

私には、何となく失敗した理由が分かる。しかしやはりというべきか、言葉だけで説明できる気がしない。

悩んで、躊躇した。しかし結局、おずおずと「あの」と申し出る。

「私が一度やって見せてもいいでしょうか」

実演すれば伝わるかもしれない。いや、きっと伝わるだろう。そう思って進言すると、彼女はこちらを伺《うかが》うように見上げ「いいの……？」と控《ひか》えめに聞いてくる。

「アディーテ、自分で作るのはあまり乗り気じゃなかったでしょ？　無理強《むりじ》いするつもりはないよ？　魔力を注ぐところまでは同じっていう情報だけでも、もう大分研究効率は上がってるし。失敗なら失敗で、できる試行錯誤《しこうさくご》もあるしね」

彼女の言葉に、おそらく嘘はないのだろう。

試行錯誤をして生成方法を身に着ける。それは実際にこれまで彼女が何度もしてきた事なのだろうし、成功するまで諦めなければ必ず成功するとも言える。彼女はきっと、そういう事ができるだけの胆力《たんりょく》と実力がある方だ。

しかし。

「大丈夫です。私がそうしたいと思ったのです」

きっと彼女に見せた方が、生成方法を早く習得できるだろう。

私は彼女の事が好きだし、彼女の夢の手伝いがしたい。そのために私にできる事があるのなら、やりたいのだ。

コトさんは、私の顔をジッと見た後でニパッと笑った。

「じゃあお願いするよ！　とっても助かる!!」

彼女はそう言うや否《いな》や、すぐに机の前から退いた。代わりに私を席に進める姿が、ワクワク顔でとても可愛い。

促されるままに席に座り、私も中級回復ポーションの調合を始める。

「ねぇアディーテ、魔力を注入する時にさ、横から継続的《けいぞくてき》に鑑定魔法を掛けててもいい？　その方が多分、一度で色々な事が分かると思うし」

私の手元を熱心に覗き込んでいたコトさんが、そんなふうに聞いてくる。

前回はともかく今回は、私自身の力で作るのだ。シルヴェストたちは関わらないから、鑑定魔法で作業経過を見られていても問題はない。

「構いませんよ」

「ありがとう」

許可をして、調合を進める。

一通り材料の調合を終え、あとは魔力を注ぐだけ。そこまで来ると、コトさんが最初の鑑定魔法をかけた。

私は手元で魔力を練り、風の属性に変質させる。

目を閉じて「たしかあの時は、シルヴェストの風の精霊術がポーションの中――素材そのものが持っていた微細《びさい》な回復の魔力の間に、うまく滑《すべ》り込んだような感じだったな」と思い出す。

同じ『魔力を注ぐ』でも、属性付きの魔力になると途端《とたん》に難度が上がる。実際にポーションに魔力を流し始めて、改めてその事を実感する。

まるで、針に糸を通すかのような精密さを、手探《てさぐ》りで求められるようなものだ。

それでもどうにかできているのは、おそらくその感覚が最近私が練習しているあるモノ、とどこかよく似ているからだと思う。

ロイナさんと練習している、複合魔法。あれも、魔力操作を誤ると、両者の魔法が反発し合い効果を打ち消してしまう。

そうならないために必要なのは、両者の魔力をうまく合わせる事。些細《ささい》なズレが失敗に繋《つな》がる精密な作業というところに、両者の共通点がある……なんて事を心の端《はし》で考えていると、横で私の手元を見ているコトさんが「ほう」と小さな声を上げた。

「そっか。いつもは水に溶《と》けた回復の魔力を、外からの魔力で増強しているけど、属性魔力を注入する場合、混ざった両者は互《たが》いに影響《えいきょう》して変容する。それが効果の破綻《はたん》を生んで、ポーションをただの色水にしてしまう……。大切なのは、魔力効果を分離《ぶんり》・共存させる事。いやでも、という事は……」

続きはよく聞こえなかった。しかし何かすごい事を言語化し、思考しているのだろう事は分かる。

やっぱりすごいなぁ、コトさんは。そんなふうに思いながら作業をしていると、すぐ近くで大きな声がした。

《シルヴェストは心配じゃないの⁈　もう来てもいい筈なのに、全然来ないんだよぉ⁈　あんなに責任感のある精霊がぁぁぁ！》

泣きつくようなブリザの声は、明らかにシルヴェストに共感と助けを求めている。

しかし、対するシルヴェストは呆《あき》れ声だ。

《何言ってんのさ、ブリザ。あいつは責任感があるんじゃなくて、ただの心配性《しんぱいしょう》なだけ。なまじ視野が広くて目がいいっていう鳥の特性があるせいで、見えたものを手あたり次第《しだい》に心配してる、節操なしだよ》

《え？》

《だから、イリーの遅刻《ちこく》は昔から。癖《くせ》みたいなもんさ》

彼の言葉に、ブリザは《そうなの？》と聞き返す。

そういえば、彼女《かのじょ》はここに来るまでは、住処《すみか》の雪山に籠《こも》っていた。精霊周りの事情に疎《うと》いのも仕方がないかもしれない。

というか、節操なしの心配性って。言葉選びのせいで急に、ブリザのお目付け役のしっかりとした精霊から、頭の中のイリーの印象が何だか急にガラリと変わった。

《じゃあ今どこにいるんだろ》

《さぁ？　でも、多分探せばすぐにでも、大体の居場所くらいは分かるよ。あの心配性鳥、心配中は自分の熱を引っ込める事をまるで知らないから、多分今頃《いまごろ》は火の玉になってるよ》

そう言ったシルヴェストは、声だけで悟《さと》ったようにフッと笑ったのが分かる。

《急に熱くなった場所を探せばいいだけだから、目撃者《もくげきしゃ》を探すよりずっと早い》

《そっか。シルヴェストは、風に乗った遠くの精霊たちの声を集めるの、すごく得意だもんね！》

どうやらブリザは杞憂だと分かって、かなりスッキリしたようだった。

でも、私の頭は疑問でいっぱいだ。

火を纏《まと》っているって言うなら分かるけど、火の玉なの？　鳥なんだよね？　なのに玉なの？　何で丸？

一体どんな姿なのか、反射的に想像してしまった。

普通なら別に、何の問題もなかっただろう。しかし、時が悪かった。

今はちょうど、ポーションに魔力《まりょく》を流していたところ。そして、魔法とは想像を具現化する作業であり、魔力への属性付与も、それに準ずる。

イリーの姿を、火を連想したせいで、ポーションに流《なが》し込んでいた風属性の魔力に、火属性《異物》が混ざり込んだ。あ、これはよくない。そう思ったけど、もう手遅《ておく》れだ。

コトさんが隣で、息を飲んだ気配がした。

ポーションに注げる魔力が適量に達した事もあり、軽い反発と共に注入を止める。沈黙《ちんもく》が流れたのは、冷《ひ》や汗《あせ》ダラダラの私と驚いた彼女、どちらも言葉を失くしたからだ。

しかしそれも一瞬《いっしゅん》の事。コトさんが、小さな手で私の両肩《りょうかた》をガシッと鷲掴《わしづか》みにしてきて、顔をグイッと近付けて覗き込んでくる。

「なんて事だ！　まさか二つの属性効果がついたポーションを作るだなんて!!」

キラキラと煌《きら》めく彼女の瞳《ひとみ》が、好奇心《こうきしん》に満ち満ちている。

既《すで》に私の手元の鍋には、彼女が鑑定魔法をかけている。『名称《めいしょう》：不明』を含《ふく》むその結果のせいで、誤魔化《ごまか》しも利かない状況だ。

「この『状態異常・凍寒の超回復《ちょうかいふく》』っていうのは、元々あったポーションの『回復』効果に、火の魔力の『凍寒』と風の魔力の『超《ちょう》』……つまり即効性《そっこうせい》を上げる効果が付いたっていう解釈《かいしゃく》でいいのかな?!　そういえば、ちょっと前に急に国内が寒くなった事があったもんね！　またそういう事態に陥《おちい》った時に役立つポーションという訳だね？　本当にすごいな、君は!!」

矢継《やつ》ぎ早《ばや》な彼女の言及《げんきゅう》に、私は思わず言葉に詰《つ》まる。

ただの偶然の産物だ。もちろん彼女が言うような製作意図は、まったくない。

しかし前回と同様に……いやそれ以上に、コトさんが目を輝かせている。

「このポーションは『体超ポカポカポーション』と名付けよう！　そしてアディーテ、君は今すぐうちの子になろう！　その発想力とチャレンジ精神が、私はほしい!!」

口も挟めない早口だ。

先程《さきほど》までの、私に配慮してくれていた優しい彼女や、ポーション作りにまっすぐ向き合う研究者の姿はどこへやら。我欲《がよく》の溢《あふ》れた両眼が、私を捉《とら》えて離《はな》さなかった。

閑話　ララー・ノースの不満

見慣れた部屋の中で一人、椅子《いす》に腰《こし》を掛けテーブルに片肘《かたひじ》をつき、手に顎《あご》を載せて私はため息をつく。

聖女の魔《ま》法陣《ほうじん》に、花吹雪《はなふぶき》。先日の儀式《ぎしき》で私は、民衆に聖女としての威厳《いげん》を見せた。あんな大規模で綺麗《きれい》な事ができたのだ。一ミリだって自覚はないけど、精霊なんて一度も見た事ないけど、多分私、聖女なんだと思う。

それなのに。

「何でまたあの女が注目を浴びてるのよ」

思わずそんな愚痴《ぐち》が漏《も》れるくらいには、私を取り巻く現状にまったく変わりがない。

相変わらず、外出は禁止。唯一《ゆいいつ》出られるのは、神殿長《しんでんちょう》との修行《しゅぎょう》の時だけ。

せっかくの外出も、好きに出歩ける訳じゃないし、修行はものすごくしんどい。

殿下《でんか》が付けてくれたメイドに至っては、私を敬い侍《はべ》る気配もない。素っ気ないし、何なら最近はもう、必要な時以外は側にも来ない。

呼べば来るけど、そういう事じゃない。普通は聖女に仕えられるなんて光栄な事なのだから、喜んで私の側にずっと控えているべきなのに。

その上に、あの女——アディーテ・ソルランツの話だ。

師団の人間を広告塔《こうこくとう》にして自分をよく見せようだなんて、そこまでして周りの関心を私から奪《うば》いたいだなんて、本当に性格が悪い。

そんな姑息《こそく》な手を使っているのに成功しているんだから、尚《なお》の事《こと》腹立たし——。

コンコンコン。扉が外からノックされ、メイドが「殿下が参りました」と言った。

あぁ、丁度いい。殿下に『お願い』をしてみよう。そう決めて椅子から立ち上がる。

小走りで扉の前に向かい、自分でガチャリと扉を開けた。

目の前にいたメイドが驚いた顔になっているけど、そんな事はどうでもいい。その後ろの殿下の手を取りながら「ようこそ殿下」と笑顔を作る。

室内に彼《かれ》を迎《むか》え入れれば、メイドは一礼の後に去っていった。

殿下のお付きの騎士《きし》二人が一緒に部屋に入ってきたけど、あんなのはただの壁《かべ》も同じだ。

「殿下、今日も会いに来てくれて嬉しいです！」

彼だけを見てそう言えば、機嫌《きげん》よさげで愛《いと》おしげな笑顔が返ってくる。

「俺《おれ》もララーの顔が見れて嬉しいよ。何か不自由な事などはないか？」

いつもなら、ここで健気《けなげ》に「大丈夫《だいじょうぶ》です」と言う。

しかし今日は止めておいた。代わりに眉尻《まゆじり》を下げて、わざと不安そうにする。

それだけで「どうした？」と聞く態勢に入ってくれるんだから、殿下はちょろ……話が早くて助かる。

「殿下は、城内の噂をご存じですか……？」

「噂？」

「アディーテさんのポーションの件です」

一瞬首を傾げた殿下は、しかしすぐに思い出したようで「あぁ、師団の連中が騒《さわ》いでいたやつか」と顔を歪《ゆが》ませる。

殿下は元々魔法師団を、よく思っていないらしい。その上あの女を「私を虐《いじ》める悪い女だ」と思っているし、先日生意気にも口答えをしてきた件もある。殿下の内心にも色々と、思うところが蓄積《ちくせき》しているんだろう。追い風だ。

「なんか、前に新作ポーションを作ったのが前聖女だったとかで、皆《みな》『功績で聖女の後を継《つ》いだのは、現聖女ではなくアディーテ・ソルランツの方だったか』って言ってるって、神殿長が……」

心細そうに視線を落としてから、悲しげな目で殿下を見上げる。

本当は話をちょっと誇張《こちょう》した。彼が実際に言ったのは、「以前新作ポーションを作ったのが、前聖女だった」という事だけ。しかも私に言ってきた訳ではない。修行をしている時にポツリと呟いたのを聞いただけで、おそらく彼に他意はない。

しかしそんな事はどうでもいいのだ。

殿下を焚《た》きつける材料になるかどうか。それが重要なのだから。

そしてそれは、どうやら私の思惑《おもわく》以上の刺激《しげき》を殿下に与《あた》えたらしい。

「何だと?! 神殿長は『アディーテの方が聖女らしい』とでも言いたいのか！ 今すぐ抗議《こうぎ》しに行ってやる!!」

「い、いいのです、殿下！ 神殿長の気持ちも分かりますから！」

「だが！」

今にも部屋を飛び出しそうな殿下の腕《うで》を、咄嗟《とっさ》に抱《だ》き込《こ》んでどうにか抑《おさ》える。

違う、そうじゃない。別に神殿長をどうにかする分には構わないけど、それ以上に私がどうにかしてほしいのは、あの女。そう分からせるために、更《さら》に上目遣《うわめづか》いで乞《こ》う。

「それよりも、私は悲しいんです。聖女は私。その事に、私は誇《ほこ》りを持っています。一日でも早く立派な聖女になれるようにと、修行も欠かしていません。なのに評価されるのは、やっぱり難なく成果を出せる、器用なアディーテさんの方なんだなって……」

目に思い切り溜めた涙《なみだ》は、もちろん演技の産物だ。

しかし殿下は、私が学園時代から『いくら努力しても、毎回あの女に話題を掻《か》っ攫《さら》われてしまうと、悲しんでいた事』をよく知っている。

都度伝えて、同情させて、庇護欲《ひごよく》をそそって、それでここまでうまく成り上がったのだ。

逆にもしこれでこちらの意図が伝わらないなら、殿下の脳みその在処《ありか》を疑わなければならなくなる。

幸いにも、殿下の脳みそは頭の中に収まっていたらしい。心配の声で「ララー……」と言いながら、彼が私を優《やさ》しく抱きしめる。

「不安にもう必要はない。ララーの憂《うれ》いは俺が晴らす」

「殿下……」

されるがままに身を預け、収まった腕の中で密《ひそ》かにほくそ笑《え》む。

よし、これでどうにかしてくれるだろう。

何をするのかは知らないけど、別に何だっていい。あの女よりも私が目立ち、敬われる状況が作られる。そんな未来が訪《おとず》れれば、それで――。

そう思った瞬間《しゅんかん》、どこからともなく風に下から吹《ふ》き上げられた。

スカートに被害がある程《ほど》の風量ではない。精々が、前髪《まえがみ》が一瞬オールバックになるくらいだ。

突然《とつぜん》の突風《とっぷう》に驚いたけど、異様なまでのひんやりとした風に思わず身震《みぶる》いをしただけだ。

ただおでこを撫《な》でただけの風に、怒《いか》り狂《くる》うような事は流石にしない。

ちょっとムスッとしながら、再びおでこを隠《かく》した前髪を、一応手櫛《てぐし》で整える。

そして殿下に一応は、ちゃんと嬉しそうにお礼を言っておかないと……と、最後にダメ押《お》しをしておこうとして、顔を上げ、思わずギョッとした。

寝癖《ねぐせ》もなかった筈の殿下の前髪が、何故《なぜ》かオールバックのまま逆立っている。

まるでそこだけが風に吹かれた瞬間で時を止めたかのように、髪《かみ》の一本もおでこに落ちてきていない。

よく見れば、彼の前髪をうっすらと、薄氷《はくひょう》が覆《おお》っている。

それを見て、思わず鳥肌《とりはだ》が立った。

その薄氷から実際に冷気を感じたからではない。

氷は、怖《こわ》い。だって先日、何故か突然氷の中に閉《と》じ込められた記憶《きおく》はまだ新しいのだ。

肌《はだ》を刺《さ》すようなあの冷たさと、その中に閉じ込められた恐怖《きょうふ》。そう簡単に忘れられるような事ではない。

私の視線と怯《おび》えた表情に、どうやら殿下も少し遅《おく》れて事の次第に気が付いたらしい。彼がすぐに手櫛で髪を撫でつけたお陰で、薄氷はすぐに溶けて見えなくなった。

やっと、ホッと深く息を吐《は》ける。一方二人いる騎士のうちの一人が、「殿下」と彼を心配する。

「大丈夫ですか」

「あぁ、どうという事はない。が、せっかくめかし込んできたのに……最近は、風関係の不運によく遭《あ》うな」

ムッとした顔でそう言った殿下に、騎士は「何もないならいい」と言わんばかりに静かに一礼を返した。

しかしもう一人の騎士は、まるで動かない。最初から心配をするそぶりさえ見せないどころか、何やら顔をしかめている。主人に対する表情としては、かなり異質だと言っていい。

「どうかしました?」

「いえ、別に」

気になって聞いてみたけど、彼は素っ気なくそう答えるだけ。せっかく声をかけてあげたのに、まったく感じ悪いったらない。

……そういえば、この人って先日の再儀式を提案してくれた騎士だったっけ。それで殿下に気に入られたのか、最近は前にも増してよく顔を見るようになった。

名前は、何だっけ？　覚えていない。

覚えているのは、体格もいいし見た目はちょっとカッコいいくせに、私がいくら話しかけても全然喜ばない人だという事だけ。

他の騎士たちは皆、私がちょっと話しかければ、すぐに優しい言葉を返してくれるのに。

……なんか気にくわない。

私は、自分を世界の中心にしない人たちは皆嫌《みなきら》いなのだ。

第三章　遠征の買い出しに行きました。ドキドキしたりヒヤッとしたりしました

訓練は昼からの時もある。たまたま今日はそういう日で、午前中は室内でゆっくりと過ごしていた。

室内にいるのは、私と精霊《せいれい》たちだけである。

窓から見える青空に「今日も訓練日和《びより》だな」なんて思う。静かでホッとする、穏《おだ》やかな時間だわ……なんて思い微笑《びしょう》していると、急に横から頬《ほお》をプニッと押された。

《ねぇねぇアディーテ。そろそろさ、気が付いた方がいいと思うよ？》

何の事を言っているのか。頬をテシテシと叩《たた》いてくる白いウサギに、小首を傾げながら目を向ける。すると彼は《もしかして本当に気付いてないの？》と、少し呆れたような顔だ。

《昨日の晩御飯《ばんごはん》は何だった？》

「え？　そうねぇ……たしか羊肉のソテーだったかな」

《じゃあ今日の朝食は？》

「ゆで鳥」

《そういうのを食べて、そろそろ「ちょっと味が薄《うす》いような」とか思わないの？》

言われてみれば、たしかに王城料理にしては少し味が薄めかもしれないけど……。

《主食にタレがかけられなくなってから、もう一週間は経《た》ってるよ？　流石にそろそろ気が付いてもいいんじゃない？　またあのケチ王子にイジワルされてるんだって》

そうなのかな。以前の『素っ気ないメイド』や『差し入れの本が希望通りに来ない』などのイジワルは、言われてみれば「たしかに」と納得《なっとく》できたけど、今回に関してはまだいまいちピンとこない。

だって、十分美味《おい》しかったのだ。流石は王城料理とあって食材自体いい物だったし、下味とハーブなどの香り付けもきちんとされていた。

それこそ「こういう料理です」と言われれば納得できるような味だったのだ。元々薄味《うすあじ》の方が好みなので、むしろ「サッパリとしていて食べやすい」まであったというのが本音である。

それが、まさかただの嫌《いや》がらせだったなんて。

「あれで未完成だったなんて。王城は、腕のいい料理人を雇用《こよう》しているのね」

《僕《ぼく》が気が付いてほしかったのは、そういう事じゃなかったんだけど……まぁアディーテ

らしいか》

ため息をついた彼は、何を思ったのかフッと笑う。

《結局、またもやあのノミより心の小さい王子のイジワルは、意味を成さなかったっていう訳だ。ザマァ見ろ》

いつもならここで反抗《はんこう》に出ようとするところだけど、今日は機嫌がよさそうだ。

この様子なら、殿下にイタズラをしに行ったりする事はないだろう。そう安心していると、膝上《ひざうえ》に何かがポテンと落ちてきた。見れば、小さなシロクマがちょうどヨイショとそこに座《すわ》り直している。

彼女を見て、ふと一つ思い出した。

「そういえば、この前から二人が話している子って、どうなったの？」

この前ブリザが「まだ来ない」と言っていたけど、あれからまだ話を聞いていない。

《あぁ、一応見つけたよ？　案の定、元居た場所からここに来るまでの道中で引っかかってた》

「引っかかって」

その言い方に思わず笑ってしまうと、彼は続けて呆れ交じりに《イリーは、道中で心配事を見つけては、あっちこっちで首を突《つ》っ込むから》と言葉を続ける。

《まぁ、別に何か事故があって来れないとかじゃないから、心配はいらないよ。むしろ平常運転だし》
「なら、まぁいいのかな」
精霊は基本的に自由を愛する。「心配事を見つけては解決して回る」と聞くと、つい周りに縛《しば》られ振《ふ》り回されたりしていて自分の自由なんて少ないかのように聞こえるけど、何が自由かは個々によって違う。
その子にとっては、周りを心配して回る事もまた、享受《きょうじゅ》すべき自由という事なのだろう。
それによくよく考えてみれば、待たせている相手がいるのにも拘《かか》わらず自身の欲求に忠実で寄り道するなんて、ある意味奔放《ほんぽう》で精霊らしい。
《私は早く来てほしいけどねぇ。私が何か、やらかす前に》
《ブリザはもうちょっと、自分でどうにかしようと努力したら？》
《無理だよぉ。だって、いつも気が付いた時にはもう、何か起きちゃった後なんだもん》
口を尖《とが》らせながらそんな事を言う彼女と呆れ顔のシルヴェストに、私は耐《た》えられなくてクスクスと笑う。
どうやらブリザは「自分では足りない注意力を、そういう事に目敏《めざと》いイリーに、早くおぎなってほしい」らしい。

たしかに二人が同じ場所にいれば、おっちょこちょいを減らしたいブリザと世話を焼きたいイリーの間には、ある種の需要《じゆよう》と供給が成立するかもしれない。そう思えば、これ以上にいい組み合わせも、もう見つからないのではないだろうか。

「早く来ればいいね、ブリザ」

《うん、本当に。じゃないと私、落ち着いてフラフラもできないよぉ》

いや別に、今でも城内を好きにフラフラはしていると思うけど……。口にするのは止めておいた。変に言って気にしたブリザが自主的に行動範囲《はんい》を制限するようになってしまったら可哀想《かわいそう》だし。

◆◆◆

昼食を食べた後、迎えに来てくれたロイナさんと共に、訓練場へと向かっていた。

わざわざ迎えに来てもらわなければならない事には未《いま》だに申し訳なさを感じるけど、同時にこの時間は私にとって、王城に来るまではまったくなかった「誰《だれ》かとの楽しいお喋りの時間」でもある。

たとえばシードと一緒《いっしょ》の時は、よく『健《すこ》やかな肉体作りに大切な、健康的な食事や睡眠《すいみん》、生活のアレコレ』について話したりする。アランドさんとの時は、どうやら彼の趣味《しゅみ》らしい『眼鏡やアクセサリー小物についての話』を。そしてロイナさんといる時は。

「それでー、最近王都には『魅惑《みわく》のチキンサンド』っていうのが売られているらしくってー」

「魅惑って、どんな味なのかとても興味をそそられますね」

「でしょー？　私もまだ食べた事ないんだけど、魅惑って銘打《めいう》ってるくらいなんだから、絶対に美味しいんだと思うんだよねー」

こうして、大体『最近巷《ちまた》で流行《はや》っているお菓子《かし》や食べ物の話』を教えてくれる。

これでも私は、一応公爵令嬢《こうしやくれいじよう》だ。屋敷《やしき》にいた時は、買い物はすべて商人が屋敷に持ってきてくれた物を見てするものだった。

王都に出て買い物をするなんて、これまで一度も経験がない。だから彼女から聞ける話は、どれも新鮮《しんせん》で聞いていて飽《あ》きない。

「実はこの前の休息日に買いに行ってみたんだけど、その時は売り切れちゃってたんだよねー。次の休息日にはあるといいなー」

どうやらまた買いに行ってみる予定らしい。少しばかり羨《うらや》ましい。

しかし私は軟禁《なんきん》状態の身。私的な理由で王都に出る事なんて許されないだろう。

そんな事情は、もちろん彼女も知っている。

「食べたらまた感想を教えてくださいね」

代わりにそう告げた私に、彼女は快く「うんー！」と頷《うなず》いてくれた。それどころか、何か名案でも思いついたかのように表情を明るくする。

「っていうか、アディーテのも一緒に買ってくるよー」

「本当ですか?!」

喜んだ私に「冷めちゃってるかもしれないけどー」と一言言い置いてくれたけど、別に構わない。そもそも貴族の料理は、どれも提供されるまでに時間がかかる。持ってこられた頃《ころ》には冷めているのが普通《ふつう》だ。今更《いまさら》である。

「お願いします！」

「任せてー」

快い返事に微笑《ほほえ》みながら廊下《ろうか》を進む。もうすぐいつもの訓練場だ。

「おい、アディーテ・ソルランツ」

後ろから声を掛《か》けられた。

聞いた事のある声に振り向けば、そこには短髪《たんぱつ》三白眼の騎士の姿が。

「ダンフィード卿《きょう》、こんにちは」

そんな挨拶《あいさつ》を返しながらも、内心では少し驚《おどろ》いた。

鉢合《はちあ》わせる事こそあるけど、彼から呼び止められるのなんて珍《めずら》しい。その上、眉間《みけん》に皺《しわ》が寄りがちなのはいつもの事だけど、どこかいつも以上に難しい顔をしているように見える。

どうしたのだろう。そんな私を、彼はまっすぐ見下ろして聞いてくる。

「前に新種のポーションを作ったのは、前の代の聖女らしいな」

目の奥《おく》に糾弾《きゅうだん》の色合いが見て取れた。

私は思わず目を泳がせる。

その事は私も知っていた。この前シルヴェストがペロッとそんな事を言っていたから。

しかし、既に起きてしまった事に対して、取れる対処法は少ない。

色々と考えた結果、私は『何もしない事』を選択《せんたく》した。

どうしても聖女だとバレたくないからと聖女の記録を調べられるだけ調べた私でさえ、知らなかった事である。普通の人は知らないだろう。何も言わなければ誰も気が付かず、平穏《へいおん》に時が過ぎてくれるかもしれない。そんなふうに考えて。

しかしそんな事、彼にとっては関係ない。

彼からすれば『アディーテ・ソルランツが聖女である』という事実を、何故自分には口止めしておいて、ほのめかすような行動をしたのか。不満に思っているに違《ちが》いない。

不可抗力《ふかこうりよく》だとはいえ、不満に思うのは当たり前だ。そう思うと申し訳なくて、でもロイナさんもいる場ではその事を口にするのも避《さ》けたくて、その気持ちを伝えようと彼の目を見る。

すると何故か彼から「睨《にら》むな」と言われた。

「俺はただ、教えておこうと思っただけだ。神殿長が、その事を聖女ララーに零《こぼ》したらしい。それを聖女が殿下に言って、殿下がかなり気にしている」

どうやら不満をぶつけに来たわけではなく、忠告をしに来てくれたらしい。隣《となり》で「何ー？　どういう事ー？」と首をかしげるロイナさんの傍《かたわ》ら、私はその事に少し驚く。

そんな私の顔の前に、シルヴェストが飛んできた。

《相手はあのポンコツ王子でしょ？　僕たちなら、返り討《う》ちにする事くらい訳ないよ》

ヒクヒクとする鼻のドアップから、彼を押しのけるようにして顔を寄せてきたブリザが《絶対にアディーテの力になるよぉ！》と、言葉を続ける。

声色《こわいろ》から、おそらく輝《かがや》くような笑顔《えがお》で言っているのだろうけど、何分顔が近すぎて鼻しか見えていないので、実際にどうかは分からない。

しかし、どちらにしても釘《くぎ》を刺しておく必要はありそうだ。

(ダメよ、シルヴェスト。ブリザもね。相手が相手だもの。返り討ちになんてしちゃったら、国を挙げての大騒動《おおそうどう》になりかねない)

《別にいいじゃん、騒がせとけば》

(もしそうなったら、二人とゆっくり過ごす休息日もなくなっちゃうかもしれないわよ?)

《えー? ……じゃあ我慢《がまん》する》

《私も我慢する! だから帰ったら毛づくろいしてー》

《ズルい、僕も!!》

(いいよ)

《やったー!!》

うまく事を起こさない方向に話を持っていけて安堵《あんど》する一方で、私は「少しの間、身の回りには本気で気を付けよう」と密かに心に誓《ちか》う。

約束をしても、先日の『冬の訪れ』の時のように、理性で抑えきれないような衝動《しょうどう》に駆られる事もあるかもしれない。

せっかくこうしてダンフィード卿が、忠告をしてくれたのだ。きっとこの件に関しては、注意しすぎて困る事はない。

そんなふうに思ったところで「アディーテ?」という声が聞こえてきた。

「あ、師団長」

ロイナさんの声の通り、廊下の向こうからやってきたのは、白い師団服姿の麗人《れいじん》・セリオズ様その人だった。

彼は、最初こそこんな所で立ち止まっていた私たちを不思議がったものの、隣にいたダンフィード卿に気が付くと迷惑《めいわく》そうに目を細める。

「ダンフィード、また用もなくアディーテの待ち伏《ぶ》せをしていたのですか」

「俺がいつそんな事をした！」

「本当か？」と言いたげに疑いの眼差《まなざ》しを向けるセリオズ様と、それに言い返すダンフィード卿。相変わらずの二人のやり取りに、私は思わずクスリと笑う。

この二人は本当に仲がいい――。

「お前が思っているような事は絶対にない！」

「おそらくアディーテが思っているような関係性ではありませんよ？」

それぞれの口から繰《く》り出された主張に、私は目をパチクリとさせてしまった。しかしすぐに可笑《おか》しくなって、またフフフッと笑ってしまう。

そんなふうには言っているけど、同時に同じ事を言うなんて。仲良しの証拠《しょうこ》じゃないかしら、と思わずにはいられない。

すると、そんな内心を察せられてしまったのか。ダンフィード卿が早々に、クルリと踵を返す。

「俺は忙《いそが》しい。仕事に戻《もど》る。……伝えたからな」

「わざわざありがとうございました」

私のお礼に、彼はフンと鼻を鳴らした。

「別に。俺はただ、裏で手を回して嫌がらせをしようとするあの根性《こんじょう》が、好かないだけだ」

彼の言葉に、曲がった事が嫌《きら》いな彼らしさを感じる。

振り返らずにそのまま行ってしまう彼の背中を見送っていると、セリオズ様が「そうでした。アディーテ」と言いながら改めて口を開いた。

「俺もこれから行かねばならない所があるので、あまり長話はできないのですが――次の休息日、開けておいてください。遠征《えんせい》に必要な物を買いに、一緒に王都に行きましょう」

「えっ、でも」

私は軟禁の身、王城からは出られない。そう答えようとしたところ、彼に笑顔で制される。

「せっかくの初めての遠征です。アディーテだって、自分の使う物くらい自分で選びたいでしょう？　既に陛下には『仕事のため』と話し、『俺がついていく』という条件で許可

を得ています。遠慮《えんりよ》は不要です」

突然の話と手際《てぎわ》のいい根回しに驚きながらも、私のためにわざわざ陛下に掛け合ってくださったという心遣《こころづか》いに、ジーンとする。

シルヴェストはフワフワと宙を飛びながら《そんなお綺麗な理由じゃないような気がするけどねぇ》なんて言ってくるけど、他にどんな理由があるのか。よく分からなくて、心の中で首をかしげた。

すると彼がおもむろに、私の耳にスッと口元を寄せてきて。

「初デートですね」

耳を擽《くすぐ》るようなささやきに、バッと彼と距離《きょり》を取る。

イタズラに成功したと言わんばかりに無邪気《むじゃき》さを覗《のぞ》かせて笑った彼のせいで、急激に顔に熱が集まる。


また、揶揄《からか》われた……！


「楽しみにしていますよ、アディーテと一緒に出かけるの」

彼はそう言うと満足したのか、私の答えなんて聞こうともせずに、軽い足取りで去っていく。

ロイナさんが隣で「何だったの？」と聞いてくるところを見れば、今のやり取りは聞こえていないのだろう。

流石《さすが》はセリオズ様。そんなところまで周到《しゅうとう》だ。

◆◆◆

ついにやってきた休息日。鏡の前に座って入念に髪を編《あ》み込んでいると、鏡台にコロンと転がっている白ウサギが片目でこちらを見てきた。

《ねぇアディーテ。もしかして今日『初デート』だから、そんなにめかし込んでるの？》

「違う！　これはただ、セリオズ様に対する礼儀《れいぎ》として！」

頬がカッカと熱くなるのを感じながら、シルヴェストの言葉を慌《あわ》てて否定する。

そう。私は別に『セリオズ様にあんな事を言われたから意識している』訳ではないのだ。

ただ純粋《じゅんすい》に、休息日にわざわざ付き添《そ》ってくれる方相手に「せめて連れて歩いて見苦しくないくらいには身だしなみを整えないと」と思っただけ。張り切ってめかし込んでいる訳ではない。

……服は、ロイナさんに「王都でも無理なく溶《と》け込めるシンプルな服を」とお願いして借りただけだから、髪くらいはと思って少し弄《いじ》ってみたけど、どうだろう。

ブリザに貰《もら》った青いリボンを紺色《こんいろ》の髪に編み込んだから、少しは彩《いろど》りで見栄《みば》えもするのではないかと思うのだけど。

いや、この企《たくら》み顔をどうにかする事ができない以上、こんなの些細《ささい》な抵抗《ていこう》か。いやいや、それでも。

《アディーテ?》

「はっ! 別に、めかし込んでない! セリオズ様に対する礼儀として!!」

《それ、さっき聞いたよ?》

「そ、そもそも王都に行くのも初めてだし、そんな特別な日に『少しでも見栄えをよくしたい』と思うのは、それ程おかしな事じゃないでしょう?」

慌てて取り繕《つくろ》ってみせれば、シルヴェストは一応《ふーん?》と納得の声を上げた。しかしその隣でキョトンとしたブリザが、小首を傾《かし》げながら聞いてくる。

《つまりアディーテは『初めての王都でのお買い物だし、あの師団長と一緒だからおめかし中』っていう事?》

「違っ」

否定しようとしたけど、純粋な目に見つめられてしまっては中々言葉が続かない。

別に彼女《かのじょ》の物言いは、少し説明を省略しているだけで違ってはいない。

でも、真正面からこれを認めてしまったら、まるでセリオズ様の『初デート』に私が張り切っているみたいに聞こえるじゃない。

そう思うと、素直《すなお》に肯定《こうてい》もできないというのが、恥《は》じらい深い乙女心《おとめごころ》というものである。


そろそろ約束していた時間だ。時計の秒針がカチリカチリと時を刻んでいく度に、落ち着かない気持ちが加速していく。

待ち合わせを外でしていないのが、あまりよくなかったのかもしれない。迎えに来る筈《はず》の彼を、ソワつく心のままで待っていた。だから、外から扉《とびら》がノックされた時、心臓が口から飛び出るかと思った。

返事の声が上ずってしまって、緊張《きんちょう》の上に恥ずかしさが乗る。そんな私の気持ちも知らず、メイドはすぐに扉を開け待ち人の姿が視界に入った。

彼は、見るとすぐに私の努力に気が付いたのだろう。

「今日は、いつも以上に可愛《かわい》らしいですね」

第一声から機嫌よく、恥ずかしげもなく、嬉《うれ》しそうに頬を緩《ゆる》ませる。

綺麗な顔から繰り出される笑顔程《えがおほど》、凶器的《きょうきてき》なものもない。その上今日は、平民服姿。師団服の彼なら見慣れているけど、簡素な白いシャツが新鮮だった。

安い生地《きじ》の服なのに、十分な気品を感じさせる。むしろ、軽装なのが爽《さわ》やかな美しさに拍車《はくしゃ》をかけているような気さえする。

お陰《かげ》で気持ちが、更に落ち着かなくなった。どうしていいか分からない。

「行きましょうか」

「は、はい」

彼に優しく促《うなが》され、言われるままに部屋を出た。

バングルは部屋に置いていく。

今日は王都で買い物をするだけ。魔法《まほう》を使う予定はないから、彼らが私に好意で力を貸してくれたせいで大惨事《だいさんじ》……なんていう事にはならないだろうし、私だって別に好きで精霊たちを遠ざけている訳ではない。

必要のない日くらい、彼らにも好きに過ごしてほしかった。

久しぶりにバングルなしで部屋の外に出たからか、見える景色がいつにも増してカラフルに見えた。

赤、青、黄色、緑に、白。いつもと変わらずただそこにいるだけで、低級精霊たちはまるで平凡《へいぼん》な景色を美しく飾《かざ》り立てているかのようだ。

そんな光の中を、どこかフワフワとした気持ちでセリオズ様について歩く。

シルヴェストはいつもの事だけど、ブリザもついてくるらしい。胸の前で両手を合わせて《ちゃんと王都を見るの、初めてぇぇ！》と喜ぶブリザは、もしかしたら今日の私の浮《うわ》ついた気持ちの、一番の理解者かもしれない。

……いや、私の浮つきの理由は、もう一つあるか。そう思い直しつつ、セリオズ様の横顔を盗《ぬす》み見る。

彼は私とは違って、いつもとまったく変わらない。

いや、いつもと調子が違ってもそれはそれで色々と意識してしまいそうな気もするので、それでいいと言えばいいのだけど、「気にしているのは私だけか」と、ちょっといじけた気持ちにもなる。

あんな思わせぶりな事を言っておいて。

異性と二人で出かけるなんて初めての、こちらの気もまったく知らないで。


内心でそう口を尖らせている間に、気がつけば王城門の前まで来ていた。

お城から出るの、久しぶりだ。改めてそんな事を思う。

自分の正体がバレる危険性を除けば、どうしても外に出たい理由も今までなかった。それでも門の外に出れば、何だか妙《みょう》な解放感に包まれる。

思わず大きく深呼吸をすると、気が付いたセリオズ様が小さく笑う。

そして、言った。

「では行きましょうか。――皆も待っていると思いますし」

「はい、行きましょ……って、え？　皆？」

思わず聞き返した私に、セリオズ様は楽しげに笑っただけで答えない。

しかし謎《なぞ》は、すぐに解けた。

「あ、来た来た。師団長ー！　アディーテー!!」

「ロイナさん？　シードにアランドさんも。どうしてここに」

セリオズ様と共に王都の大通りに着くと、こちらに大きく手を振っているロイナさんたちの姿を見つけた。

驚き思わずセリオズ様を見ると、彼《かれ》は「二人で王都に買い物に行く話は、ロイナも聞いていたでしょう？　後で「自分たちも買い物があるから」と言われまして」と教えてくれる。

「せっかくだから、アディーテへのサプライズにしてみました。アディーテなら、『大人数での買い物』に喜ぶのではないかと思いまして」

たしかに彼の言う通り、師団に入るまで一緒に行動できる方などいなかった私にとって、初めての王都での買い物を皆《みな》でワイワイとできる事は、夢のように嬉しい事である。しかし。

——ちょっと、残念。

二人で買い物をすると思っていただけに、そんな気持ちになってしまった。

少し拍子《ひょうし》抜《ぬ》けしてしまったのもある。そんな気持ちになった自分に気がついて、少し心の置き所に迷う。

そんな私の内心が、セリオズ様には透《す》けて見えたのだろう。一瞬《いっしゅん》キョトンとした彼が、フッと楽しげな表情に変わった。

「今回の彼らの同行は、一応『俺《おれ》がアディーテにだけ贔屓《ひいき》していると思われたら、今後アディーテが師団に居づらくなってしまうかもしれない』という思いもあっての事だったのですが」

彼が、横から私の顔を覗き込《こ》んでくる。

「ここまで二人きりのデートを残念がってもらえて、光栄です」

「ちがっ、そんな事は全然思っていません!!」

明らかな揶揄い口調に反射でそう反論すれば、彼は更《さら》に耳元で「私も少し残念です」と言ってくる。

思わずその耳に手で蓋《ふた》をすると、セリオズ様は更に楽しそうな顔になる。

何だか、恥ずかしさよりも恨《うら》めしさが募《つの》ってきた。しかしその心のままに軽く睨みつけると、彼はまた可笑しそうに笑って……くそぅ、頬が熱い。何を言っても裏目に出る。

これ以上彼に揶揄われないためには、相手にしないのが一番だ。そう気が付いて、顔の熱を振り切るようにして、ロイナさんたちの元に駆《か》け寄る。

「こんにちは、皆さん。休息日にも会えるとは思っていませんでした。ご一緒できて嬉しいです」

「私も嬉しいー！　この前話してた魅惑のチキンサンド、行ってみないー？」

そうか。今日は行けるのか。そう気が付いて、表情が華《はな》やぐ。

「行きたいです！」

「オッケー。じゃあ最初はその屋台に行くとして、それから遠征に必要なものを買って回る感じかしらね」

先程《さきほど》までのセリオズ様への恨みなんて、どこへやら。むしろこんな機会を作ってくれた彼に感謝さえしつつ、弾《はず》む心でシードの仕切りに頷いていると、アランドさんが「とりあえず、チキンサンドの屋台に行こうか」と言い、皆で街を歩き出す。

「ところでアディーテ、平民服なんてよく持っていたわね」

「ロイナさんからお借りしたんです」

「あぁ、なるほど。でも、ロイナの服もアディーテが着ると、ちょっと上等に見えるから不思議よね」

シードのその一言で「もしかして私、周りから浮《う》いてしまっている……？」と不安になった。しかしセリオズ様が「所作が貴族風なので、少し育ちがよさそうに見えるだけです。悪目立ちする程ではないですよ」と教えてくれる。

ホッと胸を撫で下ろしていると、ロイナさんが「そういえば」と何かを思い出す。

「今日の朝治癒《ちゆ》部長に会ったんだけど、私たちが『今日アディーテと一緒に買い物するんだ』って言ったら、かなり来たがってたよ。師団長が『仕事が済んでいない人はダメです』って断ったから来ないけど」

かなり悔《くや》しがってたよ。そんなふうに言って笑う彼女に、私は少し驚きながら「そうなのですね」と言葉を返す。

ならば、お土産《みやげ》でも買って帰ろうか。でも何がいいだろう。コトさんの好きな物なんて、薬学関係しか思いつかない。

生まれて初めて自分で直接お金を渡《わた》して買った戦利品を前に、私はゴクリと生唾《なまつば》を呑《の》み込んだ。

「こ、これが魅惑の……」

今私の手の中にあるのは、師団から入ったお給金で買った魅惑のチキンサンド。包み紙の外からでも、香《こう》ばしくもスパイシーないい香りがする。

きちんと王城で朝食を摂《と》ってきた筈なのに、食欲をそそられずにはいられない。

「今日は売り切れてなくてよかったー」

ロイナさんがホクホク顔で、いち早く包み紙を開けた。おそらく同じような顔をしているのだろう私も、彼女に倣《なら》って包み紙を剥《は》ぐ。

現れたのは、硬《かた》めのパンに焼いた鶏肉《とりにく》と千切りのキャベツを挟《はさ》んだ物。褐色《かっしょく》と黄色のソースが、間から少しだけ覗いている。

焼きたての鶏肉は温かく、ほんのりと湯気が立ち上っている。そんな手元をまじまじと見ていると、シルヴェストとブリザも同じように私の手元を覗き込んできた。

《なんかいい匂《にお》いがするね、主食のソースをケチってた王城料理の何倍も美味しそう》

《ねぇねぇアディーテ、これなぁに？　食べるの？　美味しいの??》

（今王都で人気なんだって。美味しそうだよね）

二人とも興味津々《きょうみしんしん》だ。特にシルヴェストなんて、表情こそあまり変わっていないけど、高速でヒクヒクしている鼻が、口ほどに物を言っている。

しかし、先に興味を爆発《ばくはつ》させたのはブリザの方だった。

《アディーテ、私、これ食べたい！》

クリクリの目を輝かせて、彼女はピッと短い手を上げる。

精霊は通常、食事をしない。精霊は、精霊術の源となる自然の力を吸収する事で生きる。口から食べ物を摂取《せっしゅ》しなくても、存在し続ける事ができる。

しかし、だからといって何も物を食べられない訳ではない。

彼らは物を食べる事も、味覚を感じる事もできる。食べる事に興味がない精霊が多いだけで、こうして興味が湧《わ》きさえすれば食べたりもする……のだけど。

（食べたらその分減っちゃうでしょう？　皆には貴方《あなた》たちが見えていないんだから、サンドイッチが独りでに減っていっているように見えてしまわない？）

《そ、それは……》

言葉は続かなかったけど、ブリザの顔にはありありと「たしかに」という言葉が書いてある。

しかし同時に《でも食べたい》とも書かれていて。私は小さく苦笑《くしょう》する。

（ちゃんと皆にバレないように食べるって、約束できる？）

《約束するぅ！》

諭《さと》すような声で尋《たず》ねれば、すぐに答えが返ってきた。すると少し慌てたように、シルヴエストもズイッと顔を寄せてくる。

《ブリザだけ、ずるいよ！　僕も食べる!!　ね？　いいでしょ？　アディーテ》

私の鼻に彼の鼻がチョンと当たりそうなギリギリの距離にある彼の顔が、《ブリザだけ特別扱《あつか》いしないよね?!》と暗に言ってきていた。

食い意地というよりは、おそらく好奇心《こうきしん》と対抗心《たいこうしん》からの主張なのだろう。しかしどんな理由だろうと、周りにバレないようにするなら、私の方に彼らの欲求を突っぱねる理由はない。

（いいよ、はい）

言いながら、さりげなく包み紙でチキンサンドの上を周りから隠《かく》す。

すると、二人はすぐさま食いついた。チキンサンドが同時に二口分欠ける。

モグモグと咀嚼《そしやく》したシルヴェストが、黄金色《こがねいろ》の目を丸くしながら《うまっ》と声を上げた。ブリザも両手でほっぺたを支えながら《うまぁぁぁぁ！》と空に向かって叫《さけ》ぶ。

そんなに美味しいのか。そう思いつつ、私も一口食べてみた。すると、うん。

外側のパンはもしかしたら、具をサンドする前に焼いたのかもしれない。硬かったのは外側だけで、食べてみると意外とパリッとした軽い食感。中には弾力《だんりよく》のある焼きチキンと、瑞々《みずみず》しい千切りのキャベツ、それから炒《いた》めた玉ねぎだろうか。それぞれ食感が違って楽しいし、美味しい。

しかし何より、掛けられている甘辛《あまから》いタレが極上《ごくじよう》だった。

香辛料《こうしんりよう》がいいアクセントになっていて、とても食欲をそそる。チキンの中からジュワリと出てきた肉汁《にくじゆう》との相性《あいしよう》もよくて、すぐにもう一口食べたくなる。

「うーん。美味しーい！」

「王都でも流行るわけだよ、これなら」

「味は濃《こ》いめだし油もあるから、普段《ふだん》から食べる訳にはいかないけど、美味《おい》しい事は否定のしようもないわね」

「魅惑という言葉がピッタリです」

皆も口々にそう言っている。口元に手を当て「たしかに」と思いながら咀嚼していると、ロイナさんがこちらを見て「ねっ？」と同意を求めてきた。

チラリと周りを見てみれば、ブリザは天にも昇《のぼ》るような表情でモグモグしているし、ほっぺにタレがついているシルヴェストも結構満足そうな顔だ。

「ええ、とても美味しいです。食べられてよかった」

私が美味しいと思うものを、皆も美味しいと思っている。そんな事が、何だか無性《むしょう》に幸せに思えた。

ロイナさんが「ねー、今日はとっても幸先《さいさき》がいいー」と言ってくるけど、その通りだ。何だか今日は一日中、いい事しかないような気さえし始めた。

「初めての王都と初めてのお買い物が幸運始まりで嬉しいです」

フワリと笑ってそう言えば、セリオズ様以外の周りの皆がキョトンとした顔でこちらを見てくる。

「初めての買い物が？　まさかアンタ、王都歩きだけじゃなく、買い物に出るの自体、初めてだなんて言わないでしょうね」

「えーっと、家には商人が来ていましたから」

やんわりとした私の肯定に、シードがわざとらしくため息をついた。

「アンタもう十六でしょ？　そんな年になってもお貴族様って、買い物一つ自分でしに来た事ないの？　はー、何という特別待遇《たいぐう》」

「まぁまぁシード。今日色々回ってみればいいでしょ。誰にでも初めてなんてあるんだし、経験値はそれで稼《かせ》げるっていう事で」

「アランド、いい事言うねー。よし！　行こ行こー」

相変わらずの間延びした穏《おだ》やかな口調でそう言って、ロイナさんは私の手を優《やさ》しく取り引く。歩き出した私たちに、シードも「仕方がないわね」と言いながらその後に続く。

「行きたいところ、どこでも言いなさい。これだけ同行者の人数がいれば、大方誰かしらが知ってるでしょ」

シードらしい優しさに、私は「ありがとうございます」と口元を綻《ほころ》ばせた。

最後に最後尾《さいこうび》のセリオズ様が、口を開く。

「とりあえず、遠征に必要なマジックバッグから買いに行きましょうか。遠征には必須《ひっす》な個人装備ですから」

「私、アディーテと何かお揃《そろ》いの物とか買いたいー。どこで買うー？」

「ちょっと。そういうのは、必要なものを買った後よ？　木製の食器類やサバイバルナイフに、寝袋《ねぶくろ》。買うものはたくさんあるんだから」

そんなシードの窘《たしな》めに、ロイナさんは少し残念そうに「はーい」と返事をする。少し不服さが漏《も》れている辺り、釘を刺《さ》して正解だったのだろう。

それにしても。

「あの、木製の食器類やサバイバルナイフや寝袋は、遠征に持っていく必要があるのですか？　一応どれも魔法を使えば、現地調達できそうですが」

森に行くのなら、たとえば食器類は道すがらで見つけた木を風魔《かぜま》法《ほう》でくり抜《ぬ》けば作れるだろうし、寝袋なんてなくても、土魔法で地面をフカフカにして必要に応じて辺りに体温調節の魔法を掛ければ、快適に眠《ねむ》る事ができるだろう。

そういう一種の万能性《ばんのうせい》が魔法師の強みでもある。だからこそどうしても首をもたげてきた疑問だった。

答えてくれたのは、セリオズ様だ。

「俺たちが行くのは、魔物《まもの》が現れると分かっている森で、遠征の理由は『魔物の間引き』ですからね。魔法はその本来の目的と、いざという時に身を守るための保険に使いたい……というのが、師団の方針なのですよ」

「僕《ぼく》たちが怪我《けが》なく王城に帰る事も、有事のための備えの一つなんだよ。マジックバッグを使えば荷物の体積や質量はあまり気にしなくてよくもなるし」

「なるほど」

言われてみれば、彼らの言う通りだ。

遠征に行ってもし戦闘時《せんとうじ》に魔力《まりょく》が枯渇《こかつ》して怪我でもして、いざ師団として国や人々を守るために動かなければならないという時に『そのせいで出動できません』となってしまったら、「じゃあ私たちは何のために、日々訓練を積んでいるのか」という事になる。

魔法は色々な事ができるけど、私たちが使える武器もまた魔法だけ。

シードは素手《すで》で殴《なぐ》るという手段も取れるかもしれないけど、彼は魔法師の中では異端《いたん》だ。

通常戦闘といざという時の備え、両方とも魔法に依存《いそん》するのだから、「できるだけ野営で魔法を浪費《ろうひ》しないように」というのは、私たちがやるべき事だろう。

そう私が納得《なっとく》したのを見て、セリオズ様がニコリと微笑み、頷いてくれた。

そんな彼の反応に少しホッとしたところで、視界の端《はし》にしきりにキョロキョロと辺りを見回すブリザの姿が入った。

物珍《ものめずら》しそうで、楽しげだ。一方シルヴェストは、何故《なぜ》か不自然なまでにピッタリと私の横について、注意深く周りに目を配っている。

（どうしたの？　シルヴェスト。そんなに警戒《けいかい》して）

《そりゃあ警戒もするよ。僕が横についてないと、アディーテの周りになんてあっという間に精霊《せいれい》だかりができちゃうよ？》

（精霊だかり？）

もしかしてそれは、人だかりの精霊版という意味だろうか。

たしかに私は精霊に好かれる体質だ。しかし、今までそんなふうになった事はないし、シルヴェストもここまで警戒なんてした事はなかった。流石に考え過ぎなんじゃあ……？

《アディーテはさ、ちょっと自覚が足りないよね。そうじゃなくてもこの前の再儀式《さいぎしき》で聖女の力を使ってから、聖女としての格が一つ上がったんだ。その上最近はバングルで、下級たちを退けてる事が多かったでしょ？　皆、『今がアディーテロスを補うチャンスだ！』って思ってる》

え、そうなの？　驚きながらも辺りを見回してみると、たしかに王城での軟禁《なんきん》生活を送り始める前までよりも、こちらを気にしている精霊たちの数が多いような気がしてくる。

……いや、それよりも。

（私、聖女としての格が上がったの？　今初めて聞いたんだけど）

《え？　言ってなかったっけ？》

キョトンとしたシルヴェストに、暗にジト目で「せめて言っておいてよ」と抗議《こうぎ》すると、すぐに目を泳がされてしまった。

しかし、そんな事をしても無駄《むだ》である。顔に大きく《ヤベッ》という気持ちが出ているのだから、自分が悪い自覚をしている事は誤魔化《ごまか》せない。

それでも私の側から離《はな》れないのは、おそらく彼の優しさだ。その優しさに免《めん》じて、今回は許しておく事にする。

「着いたよー、アディーテ。ここが最初のお店。マジックバッグを置いてるところー」

ロイナさんの声で前に目を向ければ、少し年季の入った木造の建物がそこにはあった。

扉を押《お》し開くと、カランコロンとドアベルが鳴る。店内にいた男性の方が、振《ふ》り向きながら「いらっしゃいませ」と言って出迎《でむか》えてくれた。

皆と一緒《いっしょ》にお店に入ってまず思った事は、「綺麗《きれい》に手入れされているな」だった。

年季こそ入っているけど、みすぼらしくは感じない。取り扱っている商品も、素材自体はそう高くないと思うけど、どれもとても丁寧《ていねい》に作られた革製品《かわせいひん》たちだ。

品ぞろえは、皮の防具や財布《さいふ》など……。

《普通《ふつう》のバッグばっかりじゃん》

シルヴェストがポソリと呟《つぶや》いた通り、店頭に並んでいるのはどれも普通のバッグ。

付与魔法《マジック》が掛けられている物《バッグ》は一つもない。

思わず小首をかしげていると、アランドさんが男性に声をかける。

「すみません。マジックバッグがほしいんですが」

「あぁはい、しばらくお待ちください」

そう言い残し、彼は一度お店の奥《おく》へと消えていった。

「付与魔法が掛けられたバッグは、普通のものより値が張りますからね。防犯の観点で、あまり店頭には並べないのですよ」

セリオズ様に耳打ちされて、やっと「なるほど」と納得する。

少しすると、先程の男性の方が奥から戻ってきた。

手にしているのは、十点のバッグ。どれも小さく、一番大きくても顔を覆《おお》うくらいの物だけど、魔法付与媒体《まほうふよばいたい》――バッグに埋《う》め込まれている石から、たしかに魔法の気配がしている。マジックバッグで間違《まちが》いない。

「今うちにあるのはこの十種類ですね」

「アディーテ、どれにする？」

「ええと……」

カウンターの上に並べられた品々を、とりあえず一通り順番に見てみる。

大きさも形も色も素材も、本当に様々だ。肩《かた》に斜《なな》め掛《が》けするものから、腰《こし》に巻くもの、二《に》の腕《うで》に巻くもの、太腿《ふともも》に巻くもの。色んな種類があって、選び放題な現状に、私は少し困ってしまう。

どういう基準で選べばいいんだろう。師団の仕事で使うのなら、それにふさわしい物にした方がいいとは思うけど……と考えていると、頭にモフッと何かが乗ってきた。

《ねぇねぇアディーテ、私、アレがいいと思う！》

そう言ってブリザが指したのは、二番目に大きいバッグだった。

このくらいの大きさなら、戦闘中にもギリギリ邪魔《じゃま》にならない。しかし。

（いや、あれはちょっと……）

問題はデザインだった。

真っ赤な革《かわ》に、フリフリの白レース。施《ほど》されている細工を見ても、あまりにも付属品が多い。すぐに汚《よご》れてしまうだろうし、すぐに飾り紐《ひも》が何かに引っかかりそうだ。

流石に実用には向かない気がする。

《えー？　でも、水色のバッグなんてないし、革なんて土の属性だし。どうせ氷の要素がないなら、せめて可愛い方がいいと思ったのにぃ》

彼女の提案をやんわりと拒否《きょひ》した私に、彼女は口を尖《とが》らせた。

よかれと思って言ってくれたのは分かるけど、ごめんねブリザ。今回は、可愛い事は必須じゃないわ。

「皆さんは、どのようなものを使っているのですか？」

参考意見が聞きたくてためしにそう尋ねてみれば、ロイナさんが一番早かった。

「私はね、こういう小さな斜め掛けのバッグにしてるよ。遠征先《えんせいさき》で自生してる薬草を摘《つ》んで帰る事が多いから、そういう時に入れやすい、口がなるべく大きく開くやつにしてる。戦闘時は後方支援《しえん》だから、バッグが汚れる事も滅多《めった》にないしね。ちょっとおしゃれな感じだよ」

そう言いながら、彼女は先程ブリザが選んでくれたカバンを指さした。

しかしそれでも「流石にここまで色々ついてはないけどね」と言っているから、やっぱりこのバッグは遠征向きではなさそうだ。

「僕は二の腕に巻くタイプのバッグだね。僕の場合は、ロイナみたいに何かを収集《しゅうしゅう》するような事はないし、動く時に揺《ゆ》れたり邪魔になったりしないやつっていうので決めた」

「私は腰に巻くタイプ。本当は二の腕に着けるやつがよかったんだけど、腕が太すぎて市《し》販《はん》のやつじゃあちょうどいい大きさのがなくて」

「皆さんそれぞれなのですね」

顎《あご》に手を当てながらそう言うと、セリオズ様が横から同意する。

「そうですね。ちなみに俺はこれですよ」

「手帳……？」

彼が懐《ふところ》から出して見せてくれたソレに思わず疑問を口にしたけど、すぐに「違《ちが》う」と気が付いた。

革製《かわせい》の手帳カバーに、魔法の気配がある。彼が「これも持ち手のないバッグのようなものですよ」と言いながら手帳を開くと、手帳カバーの内側に穴が二つほどあった。

「どこへでも持ち歩けて、薄《うす》い事。収納口が二つあって、中身を分別できる事。それが、俺がこれを選んだ決め手ですね」

「師団長っていうのは、師団内の部署を統括《とうかつ》する立場。だけど肝心《かんじん》の部長たちは、揃いも揃って曲者《くせもの》で中々捕《つか》まらないのよ。だから、捕まえられた時にすぐに渡すべき物を渡せるように自分の物と渡す物を分けて持てるバッグの方がいいのよ」

曲者と聞いてコトさんの顔が思《おも》い浮かんで妙に納得してしまったのは、ここでは言わない事にした。

話を聞いて分かったのは、皆それぞれ独自の基準で自分に合う物を選んでいるという事。私も私が使いやすい物を選ばなければ意味がないという事だ。

「……あの。このバッグの前ポケット、もしかして付与魔法がかかっていないのでは？」

私が気になったのは、茶色い革の、腰に留《と》めるバッグだった。皺感《しわかん》のないツルンとしたフォルムで、シンプルなデザイン。金色の金具がどことなく、上品さを醸《かも》し出している。

「え、ええ。たしかにこのバッグは、前ポケット部分は飾りのようなもの。見た目通りの収納量です。購入前《こうにゆうまえ》にその話をすると、皆さん決まって買い渋《しぶ》るのですが……」

目を丸くしたお店の方が、見るからに「まだ説明していないのに、よく分かったな」と言いたげだった。ロイナさんたちも驚《おどろ》いているところを見ると、どうやら普通は気が付かない事らしい。

「もしかしたらアディーテは、魔力に対する感性が鋭《するど》いのかもしれませんね。魔法付与《まほうふよ》の才能もあるのかもしれません」

セリオズ様が、何故か少し嬉しそうだ。理由が分からず、しかしそんな顔をされて少しくすぐったいような気持ちになって、どう反応していいか困る。

そんな私に、彼は続ける。

「実は俺も、魔法付与は得意な方なのですよ」

驚いた。魔法付与には、ある程度先天的な適性が必要になる。魔法が得意だからといって、付与《ふよ》まで出来るとは限らない。

そうでなくてもセリオズ様は、魔法師として優秀《ゆうしゅう》だ。その上付与の才能まであるなんて、天はどうやらこの方に二物を与《あた》えたらしかった。

しかし、この驚きはすぐ胸の動悸《どうき》に遮《さえぎ》られる。

「お揃いですね」

そう言って嬉しそうに緩んだ彼の瞳《ひとみ》に、うっかり囚《とら》われそうになる。すぐに「これはよくない」と無理やり目をそらし、目の前のバッグの選定に思考を向けた。

「私、これにしようと思います」

手にしたのは、前ポケットが飾りだという、先程のバッグ。ロイナさんに「それでいいのー？　前ポケットには魔法付与されてないのにー？」と、不思議そうにされたけど、大《だい》丈夫《じょうぶ》だ。

「ちょうど、魔法付与がかかっていない場所も欲《ほ》しいなと思っていたのです。よく使う物などを入れておいて、必要な時にはサッと取り出せる。そういうポケットがある方が、助かるなと思っていたので」

魔法付与がされたバッグは、中が深いバッグと同じだ。たくさん物が入る反面、中から目的の物を探すためには、覗《のぞ》き込むか手探《てさぐ》りするしかない。

どちらにしても、時間がかかる。だからその必要がない収納場所もあると楽だと思ったのだ。

「実際に使ってみて不要だと感じたら、その時はただの飾りポケットとして扱います」

そう告げて、私はそのバッグを購入した。

ホクホク顔で、お店を出る。次はどのお店に行くのだろう。


その後、色々なお店を巡《めぐ》っていった。破損しにくい木製の食器を選び、サバイバルナイフを購入した。

特にサバイバルナイフは、大きすぎず小さすぎず、自分の手に馴染《なじ》む物がいいらしい。色々と握《にぎ》ってみて、最終的に残った三品の内からシンプルな一品を選んだ。

「服もいいのが見つかってよかったねー」

店舗《てんぽ》の他に小物や食べ物の出店が多く立ち並ぶ道を歩いていると、隣《となり》を歩くロイナさんが嬉しそうに言う。私は「はい」と笑顔《えがお》で頷《うなず》き、胸の前で紙袋《かみぶくろ》をギュッと抱《だ》きしめた。

これは、ロイナさんとシードが二人で選んでくれた、私用の平民服。お店に服が多すぎて自分では選びきれなかったし、シルヴェストに聞いても《アディーテに似合わない服がある筈ないじゃん》としか言わなかった。ブリザに至っては《全部買おうよぉ》なんて言ってくる始末だったので、本当にとても助かった。

因《ちな》みにアランドさんは「僕には女性の服はよく分からない」と遠巻きで、セリオズ様は私が悩《なや》んでいる横から新たな候補を持ってきた。シード曰《いわ》く「役にたたない男どもの代表格」との事だけど、本当にそうなのかは、異性と服を選んだ事なんて今までなかったからよく分からない。

「これで今度は心配せずに、いつでも王都に来れるわね」

シードが何気なく言ったその一言に、私は思わずはにかんだ。

まるで、次の約束みたいだ。

《嬉しそうだね、アディーテ》

シルヴェストにそう言われ、我に返る。

……傍《そば》から見たら、一人で勝手にニヤニヤしている女かもしれない。そうでなくても企《たくら》み顔の私がニヤニヤとしていたら、変な人に見えるのではないだろうか。

《別にいいんじゃない？　楽しいんなら、顔に出しても。僕は嬉しいよ？　アディーテの笑顔が最近増えて》

そうだろうか。そんな自覚はなかったけど……。でも、もし本当にそうだとしたら。

（心から楽しいという事だものね）

私のそんな呟きは、他の方には聞こえない。聞こえたのは精霊たちだけ。

でもそれで十分だ。

シルヴェストは目を閉じて微笑《ほほえ》み、ブリザは嬉しそうな顔で私の腕にギュッと抱きついてくる。周りの精霊たちもチカチカと明滅《めいめつ》し、私を祝福してくれていた。

「あっ、これ！」

ロイナさんが、突然《とつぜん》ある露店《ろてん》へと駆け寄った。

「これ、みんなでお揃いで買わないー？」

そこはアクセサリーを売っている露店。彼女《かのじょ》が目を付けたのは、台座に石がはめ込まれた小さな装飾品《そうしょくひん》だった。

長い紐に通せばネックレスになるし、短い紐に通せば根付やちょっとした小物飾りになる。石自体は決して価値の高いものではないけど様々な色が揃っていて、男性でも選びやすそうだ。

「まぁ、これなら」

出店の商品を覗いたアランドさんが了承《りょうしょう》し、シードも「あらいいじゃない」とその横で言う。セリオズ様が「では皆でお揃いにしましょうか」と答え、私もそれに頷いた。

——コトさんへのお土産にもいいかもしれない。彼女の瞳とよく似た色の石を見つけて、そう考える。しかし自分の物を選ぶ前に、私の目は別の方に勝手に吸い寄せられた。お揃いにしようと話している商品の、二つ隣に並んでいる、乳白色の……これはおそらく水晶《すいしょう》だ。

チェーンがついたネックレスだけど、先程バッグを見たお陰《かげ》で目が少し肥えたのか、おそらく魔法付与媒体として優秀な石だろうと直感する。この場で一つ、これだけが、異質な紛《まぎ》れ物だ。

水晶は、基本的に透き通っているものほど価値が高い。その知識に照らし合わせれば、目の前の物は少なくとも、宝石としての価値は高くない。

しかしそうと分かっても尚《なお》、綺麗な水晶だと思った。もしかしたら、これが純粋《じゅんすい》な『気に入った』という感覚なのかもしれない。

「アディーテは、どれにしますか？」

セリオズ様に、名を呼ばれてハッと我に返った。

慌《あわ》てて視線を元の商品に戻《もど》す。

皆、もう大方買う物を選び終わっているようだ。早く選ばないと。そう思い、もう一度だけ見回して、目を引いた物を手に取った。

「私、これにします」

選んだのは、淡《あわ》い緑と淡い青、二色が同居した石のもの。価値のほぼない『混じり物』の石だけど、まん中に透明《とうめい》な筋が入っており、クッキリと綺麗に色の住み分けがされている様が、まるでそれぞれに違いながらも仲のいい、シルヴェストとブリザを連想させる。

そして、もう一つ。

「あとこれはコトさんに、どうでしょう」

「いいねー、じゃあ皆で買おー」

ロイナさんがそう言って、お店の人に会計を頼《たの》む。

私もお金を出さなきゃ。そう思いお財布を開けたところで、街の方たちのこんな会話が聞こえてきた。

「そういえば聞いたか？　ノリスで、突然火柱が上がった話」

「あぁ、商人の間で地味に噂《うわさ》になってるよなぁ。何の前触《まえぶ》れもなく、だろ？」

ノリスとは、たしか二つ隣の中都市の名前だ。でも、街で火柱？　基本的に街中で好きに魔法《まほう》を使うのはよくない事だとされている筈《はず》だけど、そんな事を言っていられないような何かがあったのだろうか。

うーん。でも『何の前触れもなく』という事なら、それもちょっと違うような気が……。

「そんな話、ワタシの耳には入ってないけど……師団長は？」

どうやら他の皆の耳にも話が聞こえていたらしい。シードの問いに、セリオズ様は首を横に振る。

「聞いてません。そもそもノリスに中級の火魔法を行使できる人材の話自体、聞いた事がありませんね」

たしかに『火柱』と形容できるような物だったなら、中級以上の魔法である事はほぼ間違いない。

師団にいると錯覚《さっかく》しそうになるけど、それほどの魔法が使える人間は少ない。流石《さすが》にそれだけで師団に入れるかと言われれば怪《あや》しいけど、街の防衛や特定の技術職に就《つ》く際には非常に重宝される。

そういう有能な人材の情報は、自《おの》ずと王城にも上がってくる。魔法関係の人材情報が師団長であるセリオズ様まで届いていないのは、不自然だ。

「ただの噂ならいいですが、実際に起きているとなれば警戒せねばならないかもしれません。念のため、一度ノリスに照会しておきましょう」

セリオズ様のその声に、シードが難しい顔で頷いた。

そんな二人を「どこにいてもセリオズ様は師団長だし、シードは副団長なんだなぁ」と、当たり前とも言えるような事を考える。と。

《それ、多分イリーだと思うよ》

「え」

思わぬ一言に、思わず声が出てしまった。

セリオズ様が「どうしました？」と聞いてくるけど、ここには他にも人がいる。流石に答える訳にはいかない。

とりあえず「何でもありません」と笑顔で誤魔化してから、改めてシルヴェストに目を向ける。

（どういう事なの？　シルヴェスト）

《そのままの意味だよ。火柱を立てればどんなに騒《さわ》いでいた精霊たちも、話を聞いてくれるようになる。イリーの問題解決の常套《じょうとう》手段だよ》

淀《よど》みなく言ってくる辺り、おそらく本当の事なのだろう。

イリーは心配性《しんぱいしょう》だという事だけど、彼《かれ》は精霊だ。心配はあくまでも精霊に対してのみ向けられるもので、ヒトは意識の範囲外《はんいがい》なのかもしれない。

いや、心配性だと聞いていたからもっと穏やかな精霊を想像していたけど、それはあくまで私の想像だ。今はもう、そう思った方がしっくりと来さえする。

《まぁ悪気はまったくないから、そこは安心していいよ》

シルヴェストが私に言うのなら、これも本当なのだろう。しかし、たとえ悪意がなかったとしても脅威《きょうい》には違いない。そう簡単に安心も……って。

（あれ？　ブリザは？）

辺りを見回し、首を傾《かし》げる。ブリザの姿がどこにもない。

いや別に、彼女の行動を縛《しば》るつもりはない。どこへ行ってもいいのだけど、先程まではずっと視界に入っていたから、少しばかり不安になった。

どうやらシルヴェストも、私に言われて初めて彼女が見当たらない事に気がついたらしい。《本当だ》と呟いた。

《さっきは僕が『今日はずっとアディーテに引っ付いて回る』って言ったら、仲間外れにされたとでも思ったのか、僕の頭にしがみついて『私もやるぅぅ』って言ってたのに》

言いながら、彼は少し飛ぶ高度を上げてくれた。辺りをキョロキョロと見回しているのは、彼女を探してくれているからだ。

そして、見つけたようだった。しかし。

《あ、い――――》

おそらく《いた》と言おうとしたのではないかと思う。しかしそう言い切る前に、彼はギョッと顔色を変えた。

それは私も同じだった。

彼女がいたのは、噴水《ふんすい》の上。それ程《ほど》大きなものではないけど、おそらく目印になるからだろう。周りには、誰《だれ》かと待ち合わせをしている様子の方たちが、たくさん立っていた。

その上空に、ブリザがいたのだ。——爛々《らんらん》と目を輝《かがや》かせて。

私は思わず青ざめた。彼女の「好き」に煌《きら》めく瞳と、ヒトには感知し得ない力が噴水の上で形成されようとしている現状に、脳内で警鐘《けいしょう》が鳴る。

——もし彼女が、精霊術で噴水の上に氷を生み出して、重力のままに落としたら。

そうでなくても私たちは、つい先程《さきほど》『街中に何の前触れもなく起きた火柱』の話を耳にしたばかりだ。突然現れた氷の塊《かたまり》が、魔法の気配もなく生まれたソレが、師団の皆《みな》の目にどう映るだろう。

いやそれ以前に、噴水の周りにいる方たちにどんな被害《ひがい》が及《およ》ぶだろう。

落ちた氷が噴水の水を割って周りに水が飛び散るだけなら、まだマシだ。もし周りの方たちが怪我をするような事態になったら。

(シルヴェスト!)

咄嗟《とっさ》に、友人に願い出ていた。

そこには『ブリザが、精霊たちが、周りの方たちに突然暴れ危害を加えるような精霊だなんて、絶対に思われたくない』という気持ちがあった。

呼応するように隣から、精霊術の気配が発生する。急激に膨《ふく》れ上がったソレは、彼女の力の収束点にまっすぐ飛んで行って――。

ブリザの力が氷を顕現《けんげん》させた。陽の光が氷の側面に反射して、ほんの一瞬《いっしゅん》きらりと光る。

しかしそれもすぐに消え失《う》せた。氷を風が貫《つらぬ》いて、破片《はへん》は噴水の水面に落ちる前に切り刻まれて質量をなくす。

後に残ったのは、一陣《いちじん》の風だけ。噴水の上から吹《ふ》き下ろしてきた突風《とっぷう》に、周りに立っていた方たちは皆「わっ?!」と驚きの声を上げた。

「ビックリした」

「何か冷たい風だったな」

皆それぞれに感想を漏らす。

遠くの騒ぎにロイナさんが「何かあったの?」と首を傾げた。その隣で、私は「これだけの影響《えいきょう》で済んでよかった」とホッと胸をなでおろした。

しかしお礼を言おうと隣を見ると、あれ?　シルヴェストがいない。

《何やってるんだよ、ブリザ!》

噴水の方で声がしたので見れば、ブリザの方にすっ飛んで行ったらしいシルヴェストが、モフモフの手でモフモフなブリザの頭に手を乗せ、叱《しか》っていた。
しかしブリザは疑問顔。何故《なぜ》怒《おこ》られているのか、まったく分かっていない様子で、頭上に疑問符《ぎもんふ》を浮《う》かべている。
《何って別に、たくさん水が溜《た》まってたから、もし上から氷を落として、散ったしぶきも凍《こお》らせられたら、氷が増えて綺麗な景色になるなぁって思って》
《そんな事したら大騒《おおさわ》ぎだろ?!》
《ダメなの?》
《アディーテが慌てる事になる!》
直前までキョトンとしていたブリザが、シルヴェストの最後の言葉でハッとした。
ブリザがこっちを振り返る。
《アディーテが慌てる事、しちゃったの……?》
(心配したわ)
心配して慌てた。素直《すなお》にそう言葉にすれば、彼女はプルプルと震《ふる》えだす。
《私、アディーテの魔法を助けたらアディーテの迷惑《めいわく》になるからダメだって。それ以外は大丈夫なんだって……》
(ちょっとしたイタズラや好奇心なら、私も止めないよ。それはブリザの自由を縛ることになるから。だけど何かをした結果、巡り巡って貴女《あなた》の立場が悪くなるような事は、できればしないでいてほしいな。だってブリザ、いい子じゃない。貴女が周りから「何もしてない周りの方たちを突然害する嫌《いや》な子」だと思われるのは、寂《さび》しいわ）

《アディーテ……》

彼女の青い目には、大粒《おおつぶ》の涙《なみだ》が溜まっていた。それが零《こぼ》れ落ちるギリギリで、私をめがけてビュンと飛んでくる。

《ごめんよぉぉぉぉ！　アディーテ。嫌《きら》わないでぇぇぇ!!》

「ぅわっ」

顔面を、うっすらと冷たい毛皮がモフンと覆った。

前が見えないのはいつもの事。もうすっかりと慣れたものだけど、助走が長かったからか、顔面にかかった力が大きくて、思わず後ろによろけてしまった。

転ばずに済んだのは、よろけた先にいてくれた方のお陰である。

「あ、す、すみま――」

「大丈夫ですか？　アディーテ」

すみません。そんな謝罪は、思いの外近距離《きんきょり》で聞こえた声に、思わず息が止まって途切《とぎ》れた。

ブリザの顔面アタックのせいで、視界は塞《ふさ》がれてしまっている。しかし声で、私を助けてくれた方が誰か分かって、背中に感じる体温で距離《きより》の近さを自覚して。

「だ、大丈夫です。ありがとうございます」

言いながら、「もしかしたらこれ、上を向いてしまっている私の顔を、セリオズ様に近距離で覗き込《こ》まれているのではないか」と思った。

見えない以上、実際にどうかはあまり関係がない。そう想像できてしまった時点で、負けのような気がする。羞恥心《しゆうちしん》が半端《はんぱ》ない。

他人の心を読むのが得意なセリオズ様の事だ。私の思考を読み取って、また楽しんでいるに違いない。その予想を裏付けるように、上から控《ひか》えめな笑い声が落ちてくる。

先程まで感じていた『受け止めてくれた事への感謝』や『迷惑をかけた事への申し訳なさ』は、綺麗さっぱりと吹き飛んだ。

こういう場合、どうせ慌てて言葉を返すと、更《さら》に彼を喜ばせる結果にしかならない。最近そう分かってきたので、敢《あ》えて言い返す事はしない。

すぐに体勢を元に戻し、まだ顔面で《わぁぁぁぁ》と泣いているブリザに、無理やり意識を向ける。

(大丈夫よ、ブリザ。嫌わないわ。だからこそ、気を付けてほしいと思ってるのよ)

未《いま》だに視界は塞がれたままだけど、立ち止まっているのだから、それ程大きな支障もない。それよりも、こんな場所では彼女の落ち込んだ背中をさすってあげる事ができない。

それが申し訳なくなって思わず眉《まゆ》を八の字にすると、気の利《き》く優しいウサギが私の代わりをしてくれる。

《アディーテは別に、一度の失敗に目くじらを立てるような子じゃないよ。っていうか、もし見切りをつけるなら、この前の聖女の儀式の事件の時にとっくにしてるでしょ》

《うぅ》

急に視界が開けたと思ったら、ブリザの首根っこを引っ掴《つか》んでいるシルヴェストがいた。目の前が見えるようになったのは、どうやら彼のお陰らしい。

その行いに心中で感謝しつつ、私はまっすぐブリザの目を見る。

(私にとっては、ブリザもうかけがえのないお友達だもの。だからこそ気を付けてほしいし、これからも仲良くしてほしいのだけど)

どうかしら。そう尋ねると、彼女は《も、もちろんだよぉぉぉぉぉぉ‼》と叫びながら、再び私の顔面に突っ込んで来ようとする。

《あーはいはい、分かった分かった。分かったから、せめて顔面に引っ付くんじゃなくて、頭の上に乗っといてよ。また引き剥《は》がすの、面倒臭《めんどうくさ》いし》

シルヴェストの呆れ声に、ブリザはエグエグと泣きながらも、私の頭の上にしがみつくようにして乗り、落ち着いた。

彼女の重みに、私は小さくため息をつく。シルヴェストも肩に乗っているし、二匹とも、私に乗るの好きよね……なんて思っていると、目の前のロイナさんたちが、何やら互《たが》いに顔を見合わせている事に気が付いた。

どうしたのだろう。そう思ったところで、アランドさんがおもむろに口を開く。

「そういえば僕、買い忘れがあったのを今オモイダシタ」

「エー、ソレハヨクナイ。カイニイコー」

アランドさんも、それに続いたロイナさんも、どこかおかしい。わざとらしいというか、棒読みというか。本当にどうしたのだろう。私が首を傾げると、呆《あき》れたシードが「アンタたち、流石にちょっと下手すぎでしょ……」と呆れ声を上げた。どういう意味だろう。

「まぁ、そういう事だから。アディーテと師団長、二人でその辺回ってくれば？」

「え？　じゃあ私も――」

「ワタシはこの二人に付き合って行ってくるから。一時間後にあの噴水前で」

一緒に行きますよ、と言い切る前に、三人はさっさと行ってしまった。

二人で取り残された形だ。「どうしよう」と思い振り返ると、セリオズ様と目が合った。

「アディーテ、念願の二人きりですね」

「べ、別に念願ではないです！」

売り言葉に買い言葉……ではないけど、つい言い返してしまった。

あぁ、つい先程「言い返しても逆に喜ばせるだけだ」と思ったばかりなのに。彼の楽しそうな笑《え》みに自分の迂闊《うかつ》さを自覚しながらも、ものすごく楽しげな彼の笑顔に、グッと心臓を掴まれる。

いい加減、そろそろ自分の顔の殺傷力を自覚してほしい。お陰で、せっかく『みんなとのお買い物』に抱いていた純粋に楽しかった気持ちが、巻き戻されて、妙《みょう》な緊張感《きんちょうかん》が戻ってきてしまった。

落ち着かない。なのに、嫌ではない。そんな自分に戸惑《とまど》いながら、頬《ほお》に集まったこの熱が、頭に乗ったひんやりブリザに幾《いく》らか吸い取ってもらえる事を、心の中で密《ひそ》かに祈《いの》った。

最初こそ『二人きり』という状況に緊張していたものの、よくよく考えれば、シルヴェストとブリザも側にいる。その事に気が付いてからは気持ちも幾分《いくぶん》か落ち着いてきて、結局お店巡り自体が楽しくなってきてからは、妙な緊張も忘れてしまった。

王都での買い物は、屋敷《やしき》に商人が持ってくるような品以外の物がたくさん並び、心の向くままに足を向けた先で新たな出会いがあって楽しい。辺りの活気も私にはとても新鮮《しんせん》で、終始飽《あ》きない散策だった。

やがて彼から「実は一か所、お付き合いいただきたい場所があるのですが」と言われて、私はそれに頷いた。

元々買わないといけない物は既《すで》に買い終えていたし、気が付けば私が見たい店ばかり見ていた。我《わ》が儘《まま》はいけないし、セリオズ様の行きたい場所というのにも、少し興味があったのだ。

「ここです」

「すごい……」

辿《たど》り着いた場所を前にして、思わず感嘆《かんたん》の声を上げる。

そこは高台だった。少し遠くには立派な王城も見えて、見下ろすと、先程までいた場所どころか、賑《にぎ》わう王都が一望できる。

「いい景色でしょう？　人々の営みの活気が見えて」

「はい」

思わず即答《そくとう》してしまうくらい、彼の言葉の通りの景色がそこには広がっていた。

改めて、王都にはたくさんの人がいるのだな、と実感する。この国一番の大都市なのだから当たり前と言われればそうなのだろうけど、実際にこうして目にした事で、初めて本当の意味で、それを知ったような気がする。

「たまに一人でここに来るのです。自分が日々守っている物の大きさを再認識《さいにんしき》するため、そしてちょっとした息抜《いきぬ》きのために」

そう言いながら王都を眺《なが》めるセリオズ様の目には、この世界への慈《いつく》しみが見えた。その横顔を見ていると、不意に彼がこちらを向く。

「それで？　先程街で何かありましたか？」

思わずドキリとした。

盗《ぬす》み見ていた顔と目が合ったからというだけではない。街中での事、隠《かく》せていたと思っていたのに、感づかれてしまっていたなんて。

「もしかして、その話をするために、ここに……？」

「ここなら周りを気にせずに話せるでしょう？」

驚きに目を見開きながら尋《たず》ねれば、すぐさま微笑みと共にそんな答えが返ってくる。

たしかにここは開けた場所で、今は誰の姿もいない。もし話の途中《とちゅう》で誰かが来ても、すぐに気が付く事ができる。

彼がここを選んだのは、その説明が内緒話《ないしょばなし》に相当する内容だという事を、あらかじめ感じ取っていたからかもしれない。そんなふうに思いながら、私は「実は」と口を開く。

「精霊《せいれい》が、少し街で騒動《そうどう》を起こしそうになって」

「もしかして、先日俺《おれ》とダンフィードの前に現れた、あの精霊の事でしょうか」

彼が言っている『あの精霊』とは、おそらくシルヴェストの事だろう。

ララーさんを助けて倒《たお》れた私を守るために、ヒトに自分の姿を見せて牽制《けんせい》してくれた事は、後日彼自身から聞いている。

しかし、だとしたら彼への答えは「いいえ」だ。

「多分それとは別の子です。セリオズ様が言っている子は、事態の収拾《しゅうしゅう》に手を貸してくれて」

「アディーテの周りには、複数の精霊がいるのですか」

「あ、いえ。そもそも精霊は、私がいる・いないに拘わらず、どこにでも存在しています。王城や街中や、森の中。どこでもチカチカと、自身の属性の光を放って」

その証拠《しょうこ》に、私には今も王都中に、たくさんの精霊たちの煌めきが見える。

まるで王都を照らすような、無数の精霊たち。その光景はとても幻想的《げんそうてき》で、とても優《やさ》しくて愛《いと》おしい。

「彼らは基本的に自由なのです。だから自分の行きたい所に行くし、いるというか……。そのせいで時にはヒヤッとする事もありますが」

苦笑《くしょう》しながら思い出すのは、今までに彼らが起こした数々のイタズラ。最近は特に色々あって、大変な事も多かったけど。

「それでも皆、とてもいい子たちです。いつも私を助けてくれたり」

少なくとも、彼らが側にいてくれるお陰で、私は寂しいと思う暇《ひま》がない。

彼らが好きな毛づくろいの時間は私にとっても癒《いや》しの時で、たまに毛づくろいに魅了《みりょう》されているのは彼らではなく、私の方なのではないかと思う事もある。それ程までに、彼らの触《さわ》り心地《ごこち》はとてもよく、触《ふ》れた指先も心も温かくなって。

「だから私も、彼らを大切にしたいのです」

肩にトンと乗ってきた体重にやんわりと頬ずりをされて、思わず表情が解けた。しかしここで視線を感じ、ハッとする。

「……すみません。要領を得ない話になってしまったかもしれません」

精霊について誰かに聞かれた事なんて今まで一度もなかったから、うまく答えられた気がしない。しかしこれ以上どう説明していいのかも分からない……。

「構いませんよ。今ちょうど、君の初めての秘密の共有相手が俺でよかったと思っているところでしたから」

「え？」

クスリと笑ったセリオズ様に、思わず首を傾げた。すると更に嬉《うれ》しそうに、彼は頬を緩《ゆる》めながら言う。

「百面相になっていますよ？　あまりにコロコロと表情が変わるものだから、見ていて飽きません」

「なっ」

バカにされている。そう感じてちょっとカチンと来たけど、まったく気にした様子はない。それどころか。

「そういう表情をすべて独《ひと》り占《じ》めできて、嬉しいです」

「なっ⁈」

本当に嬉しそうに言うものだから、揶揄《からか》われていると分かっているのに心臓が勝手に跳《は》ね上がる。

すべては彼の端整《たんせい》な顔が繰《く》り出す笑顔と、蠱惑《こわく》ささえ感じる声のせいだ。そんなふうにすべての責任を押し付けても尚、まるで顔の赤みが引いた気がしないのが、何より悔《くや》しくて恥《は》ずかしい。

そんな私を見て満足したのか、セリオズ様は何かを思い出したかのように「あ、そうだ」と呟《つぶや》いて、自身の懐を探《さぐ》り始める。

取り出した物を見て思わず「あ」と声が出たのは、彼の手の中にあるものに見覚えがあったからである。

出店で私の目を引いた、あの乳白色の水晶のネックレスがそこにはあった。

いつの間に買ったのだろう。全然気がつかなかった、と思っていると、彼に笑いながら「君はあの時街の噂が、かなり気になっていたようですからね」と言ってくる。

そうだ。たしかあの時は、シルヴェストに火柱の元凶《げんきょう》がイリーだという話をされて……ということまで思い出し、「セリオズ様に『あれは精霊の起こした事だ』と言っておかないとな」と考える。

しかしそれが言葉になる前に、私は「おや？」と首を傾げた。

たしかにこの水晶のネックレスは、先程出店で見つけたものに間違《まちが》いない。しかしよく見ると、あの時とは一つ違うところがある。

「それ、魔法付与がされていますよね……？」

「ええ。先程、購入後に付与を施《ほどこ》しました。しかし流石はアディーテですね。やはり一目見て分かりましたか」

感心したようにそう言われたけど、流石なのはセリオズ様の方だ。

魔法付与の方法なんてまったく知らない私でも、付与がかなり高度な技術だという事くらいは知っている。少なくとも、何かの片手間にできるような事では、普通《ふつう》ない。

彼がこれを購入したのが彼の申告《しんこく》の通りなら、それ以降私はずっと側にいた。その間、私たちは普通に会話をしたり、店を回ったりしていた筈だ。

なのに、付与したの？　ここに来るまでの間に？　並大抵《なみたいてい》な事ではない。

何だか彼の魔法技術の高さを、改めて知らされたような気分だ。しかしそんな私の気も知らず、いや、もしかしたら知っていて尚なのかもしれない。彼はそのネックレスを、私に差し出してきた。

「貰《もら》ってください」

「え、しかし」

私に貰う理由はない。そもそも男性からアクセサリーなんて貰えない。

……いや、たしかに彼からは以前バングルを受け取ったけど、あれは師団に入るための交換条件《こうかんじようけん》のようなものだった。辛《かろ》うじて理由があった前回と今回とでは、訳が違《ちが》う。

しかし彼も引き下がらなかった。

「出店で気になっていたでしょう？　嫌いではない筈ですが」

「それはたしかにそうですが」

「であれば、ぜひ貰ってください。せっかく君のために付与したのに、貰ってくれなければ俺の部屋で埃《ほこり》を被《かぶ》るばかりです」

困ったように笑う彼を見て「あぁそうだ。こういう時のセリオズ様はズルいのだ」という事を思い出した。

彼は、すぐに外堀《そとぼり》を埋《う》めてくる。今だって、私が貰わなければ他に使い道がないような事を言って、私がネックレスを貰わない理由を巧《たく》みに潰《つぶ》しにかかっている。

「これには『害意も跳ね返す加護』を付与しました。今度の遠征討伐《えんせいとうばつ》に、護身用としてつけてきていただくのにも丁度いいのですが……」

どうでしょう？　更にそう言われて、少し悔しくなる。

そうでなくとも受け取らざるを得ない雰囲気《ふんいき》な上に、こうして仕事まで引き合いに出されては、もう抵抗《ていこう》する道はない。

これ以上渋《しぶ》ってみたところで、どうせ彼はおそらく「部下の身の安全を保証するために最善を尽《つ》くすのもまた、上司である俺の役目です」などと言ってくるのだろう。

それどころか、何かしら揶揄いの言葉までつけて、私を茶化《ちゃか》してくるのである。そうなったら逃《に》げ場《ば》がない上に、遊ばれて彼を喜ばせるだけ。結局負ける未来しか見えない。

「……分かりました。お受け取りします」

せめてもの抵抗に、私はプイッと顔を背《そむ》けながら言った。贈《おく》り物《もの》をもらっておきながら、失礼な態度になってしまったけど、セリオズ様が悪いのだ。

拗《す》ねた気持ちになったところで、嬉しそうな声で「是非《ぜひ》そうしてください」と言われた。

◆◆◆

その後少ししてから皆で集まって食事をし、王城へと戻ってきた。セリオズ様に部屋まで送っていただいて、扉《とびら》を閉めてから「ふぅ」と息をつく。

《アディーテ、疲《つか》れた？》

私の頬に、ウサギのモフモフな手が触れてくる。

「ちょっとだけね。あんな人混み、初めてだったし」

それ以外に、緊張などもあったと思う。早い話が、慣れない事をしたせいで疲れた。

「でも楽しかったわ。食べ物も美味《おい》しかったしね」

《たしかにあのサンドイッチは魅惑的《みわくてき》だった。タレなしの王城料理なんかより、ずっと》

そんなふうに言われて「あぁたしか、殿下《でんか》の嫌がらせのせいで出される食事のメインデイッシュはすべて薄味《うすあじ》だったっけ」なんて思い出していると、シルヴェストの眉間《みけん》に小さな皺《しわ》が寄る。

《何か思い出したら腹が立ってきた。ねぇアディーテ、あのタレ強奪《ごうだつ》ケチ王子がさ、ちょっと階段から足を滑《すべ》らせて落ちる呪《のろ》い、かけてきてもいい？》

「ダメよ、シルヴェスト。呪いって言いながら、どうせまた何かする気なんでしょ？」

《それはそう》

「許可できません」

《えー》

不服そうに口を尖《とが》らせながら、彼はフワフワと宙を彷徨《さまよ》う。

その先には、先にティーテーブルの上にチョコンと立っているブリザの姿があった。しかし、あれ？　どうしたのだろう。いつもならすぐに寝《ね》そべるのに、まるで微動《びどう》だにしていない。

《ねぇアディーテ、これなぁに？》

「え？」

彼女に言われてその先を見てみると、見た事のない物が置かれていた。大きさは手のひら大で、白い石膏《せっこう》づくりの置物だ。

これほど大きなもの、もし朝起きた時から置いてあったらその時に気が付いた筈だ。

つまり。

「出掛《でか》けている間に、誰かが持ってきたのかしら」

そう思いながら、ティーテーブルの目の前まで進む。

しかし、私が持ってくるようにお願いしたという記憶《きおく》はない。だからといって、誰かからの差し入れの品だというのも……うーん。

「あ。もしかして、持ってくる部屋を間違えたのかも」

少し考えた末に、そんな可能性が思《おも》い浮かんだ。

もしそうなら、その方のところに持って行ってあげた方がいい。とりあえずメイドを呼んで届け場所の心当たりを――なんて思いながら、何の気もなく置物に手を伸《の》ばした。

しかし、触れた瞬間《しゅんかん》だ。

バチンッ

「えっ」

強い反発感と共に、手が思い切り弾かれた。

ものすごい音がしたからだろう。目の前のブリザは目を丸くして、ベッドの上に着地していたシルヴェストは焦《あせ》り顔《がお》で飛んでくる。

《大丈夫《だいじょうぶ》?! アディーテ。怪我《けが》は?!》

「だ、大丈夫」

実際に何の怪我もない。だけど、今のは何……？ そう思い、目の前の置物をジッと見た。

一拍遅《いっぱくおく》れて、ブリザが涙目《なみだめ》になりながら《うわぁぁぁん、アディーテ、大丈夫ぅぅぅぅ?!》と顔面に突撃《とつげき》してきたせいで顔がモフモフで覆《おお》われてしまったけど、私にはそんな事よりも、声しか聞こえないシルヴェストの《首から下げてるのが、何か反応してる》という言葉の方が気になった。

「首?」

首には、先程セリオズ様から貰ったあの乳白色の水晶のネックレスがかけられている。

彼がどうしても笑顔《えがお》で「俺がつけます」と言って引かなかったので、あの場でつけてもらった物だ。

……たしかこのネックレスには『害意も跳ね返す加護』がつけられている筈。それが反応しているという事は、もしかして。

《ちょっと待って。これ、ものすごく巧妙《こうみょう》に隠してるけど『触らずの呪い』がかけられてる。弱いやつだから、かかっても精々数日風邪を引くだけだろうけど》

「『触らずの呪い』って……」

威嚇《いかく》するように低く唸《うな》ったシルヴェストの言葉を、私も口の中で呟いた。

呪いとは、禁断の魔法の総称《そうしょう》だ。他人を身体的・精神的に追い詰《つ》める非人道的な魔法の事で、禁断という言葉の通り「何人たりともその魔法を使ってはならない」という不文律がある。

中でも『触らずの呪い』は、魔法がかけられた対象物に触れる事で他者に悪影響《あくえいきょう》を及ぼす魔法。もし触ってしまっても解呪を受ければすぐに治るけど、病気にも似た症状《しょうじょう》なので、発見自体が難しい。

付与《ふよ》の系譜《けいふ》にある魔法だから、もし効果を受けてしまってもセリオズ様なら解呪できただろう。しかしその事に気がつかなかったら、数日間はベッドで過ごす事になっていたかもしれない。

数日間といえば、ちょうど遠征《えんせい》の時期に被っている。もし呪いを受けていたら、今日の買い物が意味をなくしてしまうところだった。

「私を守ってくれたのね……」

胸元《むなもと》に下げている水晶《すいしょう》をゆっくりと握《にぎ》り込むと、まだ少しだけ温かい。

「セリオズ様には感謝しないと」

とりあえず、私の不注意のせいで皆に迷惑を掛《か》けなくてよかった。ホッと胸をなでおろしていると、シルヴェストが《よくないよ！》と怒《おこ》る。

《その水晶の付与は、害意に反応して発動するんでしょ？　つまりこれを持ってきたやつは、アディーテに害意があったっていう事じゃないか！》

そう言われて、ハッとする。

……いや、もしかしたら私を害そうとしたものに反応しただけで、私に害意を持った方が用意したとは限らない。

「実際に何かがあった訳ではないし」

むしろ、もし私以外の方がこれに触れていたら、間違いなく実害が及んでいた。そう思えば、身を守る物を持っていた私が触って正解だったのでは？　そう考える。

すると、どうやら考えている事を当てられてしまったらしい。シルヴェストが《アディーテは甘《あま》すぎるよ！》と更に声を上げた。

一方ブリザは、依然《いぜん》として私の視界を遮《さえぎ》ったまま、シルヴェストの言葉に大慌《おおあわ》てだ。

《ごめんねぇぇぇぇ、私がアディーテに『これ何？』って聞いたりしたから!!》

私の顔に、更にギュッと強くしがみついての謝罪。モフモフとした感触《かんしょく》が更に顔に押《お》し付けられただけで全然痛くないし、何なら少し幸せな気持ちにまでなったけど、彼女《かのじょ》の心の荒《あ》れ模様《もよう》を思えば、いつまでもこの幸せに浸《ひた》っている訳にもいかない。

《誰だ、アディーテに悪さをするやつは。必ず突《つ》き止《と》めて、地獄《じごく》の果てまで――》

「二人とも少し落ち着いて。シルヴェストはそんなに怒らないの。ブリザも、もしブリザがこの置物の事を聞いてくれなかったら、もしかしたらこの水晶を外した後に触っていたかもしれないわ。ブリザのお陰《かげ》で助かったのよ？」

《ホント……？》

「ええ」

言いながら彼女を顔から剥がしてギュッと胸で抱《だ》きしめれば、ブリザが《わーん、よかったよぉぉぉぉ!!》と泣きだした。

チラリと見れば、鼻息を荒《あら》くしていたシルヴェストも、少し落ち着いてきたようだ。よかった。

寄ってきたシルヴェストも抱きしめて腕《うで》の中のモフモフを少し堪能《たんのう》してから、改めて目の前の、付与系の呪いが掛けられた置物に目を向ける。

「ねぇシルヴェスト。魔法付与《まほうふよ》された物って、一度で効力を失わない場合が多いよね？」

たしか付与された物が魔法《まほう》効果を失うのは、付与時に注《そそ》ぎ込んだ魔力《まりょく》をすべて使い尽くした時の筈《はず》。一度で使い切っていなければ、二度目も魔法は発動する。

授業での記憶に照らし合わせて尋ねれば、シルヴェストもどうやら私の言いたい事を察したらしい。

《うん。この置物、まだ『生きてる』ね》

つまり効力が残っているという事。この置物は未だ、危険な物のままである。

《もう触らないようにね？　アディーテ》

「うん。でも……じゃあこの置物、どうしよう」

ここには一応メイドが入る。このままここに置いておいて、誰かが事故で触ってしまうのが一番怖《こわ》い。

どうしたものかと考えていると、シルヴェストが《任せてよ》と私に言った。

そして置物をギロリと睨《にら》みつける。瞬間、彼《かれ》の力が一気に膨張《ぼうちょう》し、弾けるように風の刃《やいば》に変わって――。

「あれ？　置物は？」

置物が消えた、跡形《あとかた》もなく。

辺りを見回してみるものの、どこにも見当たらない。目をパチクリとして見るものの、再び現れるような事もなく。

《え？　もちろん欠片《かけら》も残らないくらい、小さく切り刻んだよ。万が一にもアディーテが触るような事態になったら最悪だから、空気よりも細かくね》

彼の言う事にも一理ある。しかしそもそもああいう物は繊細《せんさい》だ。あそこまでしなくても、少しでも力の核《かく》となる物が破損したら、それだけで効果を失っていたんじゃあ……？

「シルヴェスト、もしかして鬱憤《うっぷん》晴らしした？」

《してないよ？》

言いながら目を泳がせる彼は、分かりやすく嘘《うそ》をついていた。

思わず苦笑してしまいながら、私は少し安心してもいた。

鬱憤晴らしが今できたのなら、きっともうスッキリしただろう。これで先程言っていた、犯人を捜《さが》して報復をしにいくような事まではしない筈。静かにそう思ったのだった。

◆◆◆

夜。皆《みな》が寝静《ねしず》まった王城をブリザと二人でまっすぐ進む。

精霊である僕《ぼく》たちにとって、物理的な壁《かべ》は意味がない。魔法結界だって効かないから、もうどこへでも入り放題だ。

目的の寝室《しんしつ》に入れば、部屋の明かりが既に消えていた。ベッドには寝《ね》息《いき》を立てながら、呑気《のんき》に転がっている忌々《いまいま》しいヒトの姿がある。

何も考えていなそうな、呑気でアホな顔だった。

――こんな奴《やつ》のせいで、アディーテが危ない目に遭《あ》った。そう思うと、どうしようもなく腸が煮《に》えくり返る。

この男は、僕の一番大切なものに手を出した。前から一々姑《こ》息《そく》なちょっかいをかけてきていたけど、今回の件は別格だ。

《直接的に、アディーテに危害を加えようとした。その罪は、底なし沼《ぬま》よりも深い》

微《かす》かな月明かりに照らされて爛々《らんらん》と輝《かがや》く僕の黄金色《こがねいろ》の瞳《ひとみ》の中には、きっと抑《おさ》えようもない怒《いか》りが見えているだろう。

それでも目の前の王子がまだ息をしているのは、己《おのれ》に対する深い後悔《こうかい》と「そうしてしまったらアディーテが悲しむから」という一心で、その感情を暴走させないように懸命《けんめい》に抑えているからに過ぎない。

《アディーテを守るって言ってたのに、お前の企《たく》みを防ぎきれなかった。これは、僕の落

ち度だ》

この男があの置物を寄越《よこ》した犯人だという事は、間違いない。

あの後、周りの精霊たちにたくさん聞いて回って、この王子がアディーテの遠征を台無しにして「遠征前に体調管理の一つもできないやつ」として、師団での信用をなくそうと企んでいた事も、そのために画策した事も分かった。

いや、そもそもこの王子が何かをしそうな気配はあった。そういえば、この男の騎士《きし》が、わざわざアディーテに忠告しに来ていたような気もする。

そういう予兆はあったのに、アディーテを危険に晒《さら》してしまった。すべては、多分心のどこかで「どうせまたいつもの嫌がらせ程度だろう」と高をくくって油断していた、僕のせい。

《本当に、悔《く》やんでも悔やみきれないよ》

吐《は》き捨てるように僕が言えば、横からブリザの僕を心配する視線の気配がした。一言《大丈夫》と答えると、少し安心したようだ。

そう、大丈夫。僕自身の反省や改善は、あとでいくらでもできる。だけど夜は待ってくれない。再び朝日が昇《のぼ》るまでの時間は、ヒトだけでなく僕にとっても有限だ。

《本当は存在ごと消し飛ばしてやりたいところだけど、優しいアディーテが悲しむからね》

冷たい声と侮蔑《ぶべつ》の眼差《まなざ》しを王子に向けながら、僕は静かに力を練り上げる。

ヒトには感知できない力でも、アディーテには感じることができる。一応下級たちには「夢の中でアディーテを引き留めておいて」とお願いしてるけど、あまり爆発的《ばくはつてき》に力を使ったら、流石《さすが》に気付かれてしまうかもしれない。

せっかくいい眠《ねむ》りに落ちているのに起こしてしまっては可哀想《かわいそう》だし、この程度でも報復を知ったら絶対に心優《こころやさ》しい彼女は気に病《や》んでしまうだろうから。

ゆっくりじっくりと力を練り上げていると、隣《となり》に似たような配慮《はいりょ》をした力が寄り添《そ》う。

ブリザだってこの男には腹を立てているし、迂闊だった自分に少し怒ってもいるのだ。

心を同じくした僕たちは、同じ目的の下、力を行使する。

《僕たちは、呪いをかけたりはしない。お前と同列に堕《お》ちるのは嫌だからね。――でも力の矛先《ほこさき》には、忌々しい程《ほど》安らかな顔で眠っている王子がいる。

《しばらく姿を見たくない。だから見なくて済むように、施させてもらう事にする》

僕たちの意思に従って、王子の顔をシュルシュルと色付きの線が這《は》い始めている。落書きとも言えるその線は、僕の緑とブリザの青だ。

《大丈夫。この『落書き』は何をしても絶対に消えない。一週間くらいすれば、ヒトの目には見えなくなるだろうけどね》

これは、僕とブリザの恨《うら》みが込められたマーキングだ。ヒトの目には見えなくなっても、精霊の目には見えたまま。

これまでは、僕たちがアディーテを虐《いじ》めるこいつに、個人的に仕返しをしてきた。でもこれからはどうだろう。

これでこの男は精霊からすると、他のヒトと区別がつく存在になった。しかも、上級精霊二匹分《にひきぶん》の怒りという目印だ。

そんな物をつけたヒトが他の精霊からどう見えるのか、どんな被害《ひがい》を受けるようになるかは、未知数。何かあるかもしれないし、もしかしたら何もないかもしれない。

でも、ちょっとくらいは痛い目を見るだろう。

とりあえず朝起きて、顔を見て、困る所からが僕の復讐《ふくしゅう》だ。

驚《おどろ》き、慌《あわ》て、憤《いきどお》り、こいつの世話係がその顔を見て思わず噴《ふ》き出す。そうなるように、アホっぽいこの顔を更《さら》にアホに見せるための『落書き』を心がける。

夢にでもうなされているのか、アホなくらい安らかだった寝顔《ねがお》の眉間に一筋のしわが寄った。

寝苦《ねぐる》しそうに「ううん……」と唸ったその男に、ほんの一ミリだけ溜飲《りゅういん》が下がったような気がした。

閑話
ララー・ノースの邪な願い

——日の光に照らされたステンドグラスが、無駄《むだ》に煌《きら》めいていて煩《わずら》わしい。

教会のまん中に跪《ひざまず》き、精霊や神に祈りを捧《ささ》げるふりをしながら、私は密かにそう思った。

そもそも何故《なぜ》『聖女だから』なんていう理由で、わざわざ快適な王城から、こんな寒い教会の硬《かた》い床《ゆか》の上で、両膝《りょうひざ》をついて胸の前で両手の指を組んでいなければならないのか。

そもそもこれまでの修行《しゅぎょう》は、王城でやっていたじゃない。

神殿長《見張り》は「聖女にとって、教会で祈りを捧げるのは責務ですから」なんて言うけど、私は既に聖女として十分すぎる結果を出した。聖女の魔《ま》法陣《ほうじん》を顕現《けんげん》させて、周りをあっと言わせたのだ。他の誰《だれ》にもできない事をしてみせたこの私が、なんで義務なんて押し付けられないといけないのか。

はぁ、と深いため息を吐く。

「ため息を吐くなんて、集中していない証拠です」

ツルンと禿《は》げ上がった頭の持ち主に眉《まゆ》をひそめてそう言われ、心の中で「後で絶対に、殿下に言いつけてやる」と考える。

そもそも、仕方がないじゃない。こうして座って、もう一時間以上は経《た》っているのだから。

どうしようもなく退屈《たいくつ》なのに、床についている膝《ひざ》が痛くて、おちおち居眠《いねむ》りもできやしない。そもそも膝をついている時点で、せっかく殿下から買ってもらった新しい服が台無しだし、少し身じろぎするだけで、すぐに今みたいに怒られる。

こんな状況《じょうきょう》で、何でため息まで禁じられなければならないのか。

特に服の件、許さないわ。平民風情《ふぜい》が拭《ふ》いた床の上なんて汚《きたな》いに決まっているのに、こんな所に膝をつかせられて。服を汚《よご》したくない女心が、この人まるで分かっていない。

そもそも教会って、思っていたほどいい場所じゃなかった。聖女のお披露目《ひろめ》の儀《ぎ》の時は、ちょっとはいい場所に見えたけど、今は全然ダメ。

あの時は、たしかにあの場の主役は、私だった。それなのに今、この場の主役は精霊や神で、私はただの『精霊や神を神々《こうごう》しく見せるための置物』に過ぎない。全然目立ってなんていない。

「きちんと集中してください。真剣《しんけん》に国の安寧《あんねい》を願う事が、今の貴女《あなた》の責務です」

あぁもう煩《うるさ》いな。聞き飽きたわよ、もうその言葉は。

殿下が風邪《かぜ》で寝込《ねこ》んでいて会えないような状況でさえなければ、今頃貴方《いまごろあなた》は殿下によって、この国から追放された後よ！

「はぁ……まったく。アディーテ・ソルランツは前聖女と同種の偉業《いぎょう》を成した上に、明日からは師団の一員として、森に魔物討伐《まものとうばつ》にも行くのだとか。彼女はきちんと努力して、周りに認められるような実績を積みつつある。それに比べて貴女は、未《いま》だに感情が高ぶると、魔力の制御《せいぎょ》がままならない」

イラッとした。それが顔に出ていたのだろうか。また神殿長から「きちんと祈《いの》りなさい」と咎《とが》められた。

仕方がなく、大人しく祈るふりを再開しつつ、内心では「ズルい！」と声を上げる。

私はこんな所で膝が痛い思いをして、監視《かんし》されながら頑張《がんば》っているのに、あの女は森に遊びに行く？　そんなの不公平すぎる。

その上、今以上に実績なんて積んできたら、またアディーテが注目の的になる。またこの私を差し置いて。

そんなのズルい。ズルすぎる！　ズルすぎるから。

——あんな女、行先の森ごと焼けて、傷が残るような怪我でもして帰ってくればいいのに。

胸の前で組んだ両手の指にグッと力を入れ、精霊と神に祈りをささげた。それがこの日唯一《ゆいいつ》の、私の本気の祈りだった。

第四章　皆で遠征に出かけました。初めての魔物戦闘と野営です

通常ヒトには知り得ない稚拙《ちせつ》な意思たちが、森の中でフルフル、フルフルと震《ふる》えていた。

昨日教会から発せられた『ニセモノ』に抱く赤い光たちの怒りは、共鳴し集結し、少しずつ規模を増していく。

◆◆◆

私たち遠征討伐部一行は、カタカタと馬車に揺《ゆ》られながら、遠征地の森へと向かっている。

六人乗りの馬車の席は、満席だ。

師団服の上からマジックバッグを腰《こし》に巻いた私の向かい側には、セリオズ様。その隣にシードとアランドさん。私の隣には、ロイナさん。

そしてもう一人。

「楽しみだね！　アディーテ!!」

足をブラブラとさせながら、コトさんが鼻歌交じりに言う。

「ちょっと治癒《ちゆ》部長、念のために言っておくけど遊びで行くわけじゃないのよ？」

「分かってるって。シードは心配性《しんぱいしょう》だなぁ」

どうやら彼女は、先日の買い物に同行できなかった事をかなり悔やんでいたらしい。大量の仕事を意地で片付けてこの遠征への同行を申し出てきたのは、昨日の夜の事だった。

元々こういった遠征に他部署の方が同行する事は、「同じ場所に用事がある」という条件の元、たまにあるらしい。

今回コトさんは、『ポーション素材の採取』という理由での同行だ。とはいえ、徹夜《てつや》で仕事を片付けた上に、目を爛々と輝かせて「私も行く！」と言いながらピョンピョンと飛び跳ねる彼女に、セリオズ様が折れた形ではあるのだけど。

でも、そういう行動力があるところも、物怖《ものお》じしないところも、コトさんのすごいところだ。

それに比べて、私なんて……。

「アディーテ、緊張《きんちょう》していますね」

考えていた事をそのまま声に出してしまったのかと思って、私は思わず口に手を当てる。

「そういう顔をしています」と言われてすぐに勘違《かんちが》いに気が付く。

「大丈夫ですよ。皆が一緒《いっしょ》にいますし、先日の水晶も持ってきているのですから」

たしかに首には、先日私を呪いから守ってくれた、あのネックレスも掛けられている。バングルだってちゃんとしてきたから、基本的に精霊《せいれい》が近くでイタズラをするような事もない。身の安全も身バレの危険も、ちゃんと対策できている。――それでも。

「頭では分かっているのですが、中々難しいです」

私は思わずそう零《こぼ》す。

すると彼は、「それならもう、あとは慣れるしかありませんね」と微笑《ほほえ》んだ。

「それに、緊張している事が一概《いちがい》に悪い訳でもありません。緊張感のなさは、注意力の欠《けつ》如《じょ》を招きます。見知らぬ場所に行くのですから、警戒心《けいかいしん》があるに越したことはありません」

「そうだよ。注意深く周りを見てないと、せっかくあったポーションの材料を見逃《みのが》す危険もあるからね」

コトさんがセリオズ様に同調……という立場を装《よそお》いながら、絶妙《ぜつみょう》に話を自分の都合のいい方向に曲げた。呆《あき》れたシードが「アンタねぇ」とため息をつくけど、彼女は「そんな事はどうでもいい」とでも言いたげな彼に反発する。

「たった一つの素材が、誰かの命を救う事もある。それが魔法薬学の世界だ！　一時も無駄にはできないのさ！」

「それはまったくその通りで、いい心がけだとも思いますが、コト。本来参加する必要のない遠征に無理やりついてきたのですから、俺《おれ》たちの仕事の邪魔《じやま》はせず、森の中ではきちんと指示に従ってくださいね。くれぐれも素材採集に夢中になるあまり、魔物《まもの》の前に躍《おど》り出たりする事のないように」

「分かってる、分かってる、大丈夫だよ」

ぞんざいなコトさんの反応に、セリオズ様が「本当に分かっていればいいのですが」と言いながら苦笑《くしよう》する。

その懸念《けねん》はすぐに当たった。

「ねぇアディーテ、着いたらすぐに薬草採集、一緒にしようね！」

「やはり分かっていませんね」

「ちょっと、治癒部長。アディーテの仕事の第一優先は、魔物の間引き作業なのよ？　そうでなくても初めての遠征で緊張してるんだから、やるべき事を上乗せするのは止めてちょうだい」

続いたシードの諌《いさ》めの言葉に、コトさんが口をつんと尖らせる。

「アディーテほどの調合能力があれば、あとは素材の採取経験で、即治癒部《そくちゆぶ》の上位につけるのに……」

「アディーテはあげません」

「えーっ?!」

独《ひと》り占《じ》めなんてズルい、と異議を唱えるコトさんと、笑顔ながらも断固《だんこ》拒否《きょひ》の姿勢を崩《くず》さないセリオズ様。二人の軽口が小気味よくて、思わず私もクスクスと笑う。

するると、膝の上から《ねぇねぇ》と、ウサギが話しかけてきた。

《アディーテ、森に行ったら遊んでいい?》

(遊ぶっていう言葉の意味にもよるけど……)

そう答えながら、彼をチラリと窺《うかが》ってみる。

自由行動がしたいという事なら、止めたりしない。心配になるので戻《もど》ってくる時間だけ決めておいてほしいけど、後は彼に楽しく過ごしてほしい。

でも、もし「私と遊ぶ」という意味だとしたら、今日から一泊二日《いっぱくふつか》の間はずっと集団行動だ。どうしたって彼に構う時間は減ってしまう。願いを叶《かな》える事は難しいかもしれない。

——いや、ちょっと待て。

彼の顔を見て、彼が考えているのはもしかしたらもっと別の事なのではないかと思い至る。

だって、彼がこんなにもドキドキとワクワクを孕《はら》んだ表情をする時は、決まって。

（……もし「森の中ならちょっとくらいイタズラをしてもバレないだろう」と思っているなら、ダメよ？　シルヴェスト）

《えーっ?!》

どうやら私の想像は当たっていたらしい。

口を尖らせてあからさまにいじける彼の姿は、可愛《かわい》らしい。しかしそんな顔をしても、「じゃあいいよ」とは言ってあげられない。

そんな私の気持ちが伝わったのか、渋々《しぶしぶ》ながらもシルヴェストは《仕方がないな》と呟《つぶや》いた。

対するブリザはとてもいい子だ。先程《さきほど》からずっと、窓の外を眺《なが》めながら大人しく座っているし、こちらを振《ふ》り返った彼女の表情はとても善良な笑顔で――。

《私、静かに氷育ててる！》

（絶対に見えないところでやってね？　皆に見られたら大変だから）

《えええええ?!》

そんな大声を上げてもダメである。

見つかってしまったら、きっと「魔物の仕業《しわざ》か」という話になる。ブリザが育てて満足するような氷ともなれば、ここにいる筈もない大物の存在を疑われかねない。
私の言及《げんきゅう》に驚き、シュンとなったブリザは《森でなら、心置きなく氷を育てられると思ったのにぃぃ……》と言いながら、背中を丸めて落ち込《こ》んだ。
その姿は少し可哀想……いやいや、絆《ほだ》されちゃあいけない。
(二人とも、くれぐれも派手に力を使ったりしてはダメよ？　私の魔法に勝手に手を貸すのも、もちろんダメ)
《えー？》
《えぇぇ??》
(でも、それさえ守れるなら、あとは好きに過ごしていいし、帰ったらご褒美《ほうび》に、入念に毛づくろいをしてあげる)
《ホントー?!》
《絶対だからね、アディーテ！》
不服の声がコロッと止《や》んですぐに上機嫌《じょうきげん》になった二人に、私は思わず笑ってしまった。
「もうすぐ着きますよ、アディーテ」
セリオズ様からそう言われ、改めて窓の外を見る。
王都から離《はな》れ、もうすぐ馬車で二時間ほど。少し遠くに、緑が生い茂《しげ》る一角がちょうど見えてきていた。

森の入り口で、タラップを踏《ふ》んで馬車を下りる。

空は晴天、過ごしやすい陽気。先に降りて大きく伸びをしていたアランドさんの隣で「天気がよくてよかったです」と呟けば、「本当にね。天気が悪いと足元も悪いし。運がいい」という言葉が返ってきた。

ブリザが空を飛び回っているのは、おそらく馬車から出られた解放感からだろう。しかし、シルヴェストの様子が少しおかしい。辺りをキョロキョロと見回す彼は、何故か怪訝《けげん》な顔をしている。

《何か、ちょっとここ……》

どうかしたの？　シルヴェスト。そう聞こうと思ったところで、後ろから「アディーテ！」と元気よく名前を呼ばれた。

振り返れば、コトさんがチョコンと立っている。

彼女は余った袖《そで》で、私の腰元《こしもと》のバッグを指しながらこう言った。

「渡《わた》したポーション、効果が見れるの、楽しみにしてるからね！」

彼女が指したバッグの前ポケットからは、二本のポーション瓶《びん》が顔を覗《のぞ》かせている。

これらは、何《なに》を隠《かく》そう私が作ったあの新作ポーションたち。事故の結果の産物だった。

実は王城を出る時に、コトさんから「この遠征で一度、実験的に使ってみてほしい」と言われ渡されたのだ。

彼女曰《かのじょいわ》く「性能を試《ため》すのも、制作者の務め」という事らしい。

たしかに作った人間がその安全性を確認《かくにん》するべきというのは、尤《もっと》もだ。という事で、納得《なっとく》して受け取ったのである。

しかしどうやら彼女の目的は、私に制作者としての仕事を全《まっと》うさせるためだけではないようだ。

「それで！　……使う時には教えてねっ！」

耳を寄せてきて、こっそりと頼《たの》まれる。まっすぐ見てくる探究者の瞳には、「ポーションの効果をこの目で見たい。最初に見たい」という感情がありありと浮《う》かんでいる。

――もしかしたら、この遠征にこんなにも同行したがった本当の理由はここにあるのではないか。

私の了承《りょうしょう》なんて聞かずに、見るからにウキウキとしながら「面白《おもしろ》い効果が見れるの、楽しみだなぁ」と言って歩き出した彼女の背中に、私は小さく苦笑した。

森の中では、先頭はシード。次に私とセリオズ様、ロイナさんとアランドさんが最後尾《さいこうび》という、訓練の基本陣形《じんけい》にもよく似た位置取りで足を進めていった。

ちなみにコトさんは、私とセリオズ様の間。皆に囲まれ守られる場所で、この場では一番の安全地帯。アランドさんが索敵魔法《さくてきまほう》で周囲を警戒《けいかい》しているし、これなら余程《よほど》の事がない限り、非戦闘員《ひせんとういん》の彼女が怪我する事もないだろうという判断である。

その事に異議はまったくない。しかしそれとは別に、私の緊張は今日一番の高まりを見せていた。

まだ魔物には出会っていないけど、時折自生する雑草を踏みながら初めて踏み入る森の中は、生い茂る木々が遮るせいで薄暗《うすぐら》い。たまにする野生の小動物たちの気配に意識を引っ張られ、害意のない相手の物音だと気が付く度に小さく安堵《あんど》する。

「場所が違《ちが》うだけで、意外と気が散るし疲《つか》れるでしょう?」

私の様子を見かねたのだろう。セリオズ様が声をかけてくれた。いつも通りの彼の微笑みに、少しだけホッとして肩《かた》の力が抜《ぬ》ける。

「はい。体験してみないと、意外と分からないものですね」

「こういった緊張感の中でも、訓練の時と変わらず力を発揮する事ができるか。もし発揮できなかった場合、次はどうすればいいか。今後はどんな訓練を積んでいけばいいか。そういう事を知れるいい学びの場だと思ってください。――大丈夫《だいじょうぶ》ですよ。ここはそれ程強い魔物が現れる場所ではありません。隣には俺がいますしね……と」

そこまで言うと、彼は何かに気が付いたかのように視線を明後日の方に向けた。

その先には特に何もない。普通《ふつう》の森があるだけ、だけど。

「捕捉《ほそく》した！　敵、右前方向。中型一体‼」

アランドさんから鋭《するど》い報告が飛び、一気に緊張感が増す。

右前とは、先程セリオズ様が反応した方向だ。目を凝《こ》らすと木々の向こうから、ヒトの二倍はある大きさの体躯《たいく》が、ノソリと姿を現した。

毛の逆立った、狼《おおかみ》とも熊とも言えない黒い毛皮のその標的は、赤い目をギョロリとこちらに向けて「うぅ」と小さく唸り声を上げる。

「ワイルドベアね。脅威度《きょういど》：中。フォーメーションΩで始めるわよ！」

フォーメーションΩは、敵が一体しかおらず周りに他の脅威《きょうい》もない時に取る、超攻撃型《ちょうこうげきがた》陣形《じんけい》だ。防御《ぼうぎょ》を捨てて相手を即座《そくざ》に討伐《とうばつ》する事を目的にしているから、最低限かつ素早《すばや》い連携力《れんけいりょく》が求められる。

「攻撃力上昇《オフエンスアップ》」

早速《さっそく》アランドさんの詠唱《えいしょう》で、攻撃役《こうげきやく》のシードと私だけに魔法が施《ほどこ》された。力がみなぎるように感じるのは、決して気のせいなどではない。

メリケンサックを付けた拳《こぶし》を構えて地を蹴《け》ったシードの後ろで、私も速《すみ》やかに魔力を溜《た》めて出力する魔法の狙《ねら》いを定める。

「縛蔓《バインド》ー」

一足早くロイナさんから発せられた発動速度重視の魔法は、まだ十分に練れていなかった。

発動したものの、強度が十分ではない。敵を拘束《こうそく》できたのは、ほんの一瞬《いっしゅん》だけ。

しかしそれで十分だった。

魔物にも様々な姿形のものがいるけど、今回のように生物の見た目を維持《いじ》している魔物なら生物上の弱点がある。そのうちの一つ・関節に私が狙いを定める事ができたのは、その一瞬があったからこそだった。

無詠唱で、二つの火球《ファイアーボール》を放つ。動きを止めた生き物の足の関節を初級魔法で打ちぬく事くらい、的当てと大して変わらない。

敵の両足の膝に当たる部分で、小さな爆発《ばくはつ》が起きた。相手はヒトの二倍もの大きさの魔物だ、初級魔法ではもちろん倒《たお》せない。

しかし今私は一人ではない。これは連携であり、今の私の役割は『最後の一撃《いちげき》をなるべくリスクなく打たせる事』にある。

素早く敵の懐《ふところ》に入り込んだシードが、大きく拳を振りかぶっていた。ブンという音を立てた拳が、敵の腹部ど真ん中にめり込む。

巨体《きょたい》が後方に吹き飛ばされて、三本ほど木をなぎ倒した。四本目でやっと止まった敵は、もうグッタリとして動かない。赤い目の光も失っていて、遠目から見てももう生きてはいないのだと分かる。

静けさが戻ってきた森の中で、私は胸に手を当てて「ふぅ」と深く息を吐いた。

「あの魔物、多分小型の魔石《ませき》があると思うから、手早く回収しちゃうねー」

ロイナさんが、言いながらマジックバッグの中に手を入れる。取り出したのは、サバイバルナイフ。鼻歌交じりに魔物の方に近付いていく彼女を目で追っていると、スッと横に並んでくる方がいた。

「訓練通りにできていましたよ」

「ありがとうございます、セリオズ様。失敗しなくてよかったです。しかし――」

「今使ったのは初級魔法。アディーテならできて当たり前よ。中級以上でもうまくやれてこそ、訓練の意味が出るんだからね」

私が言おうとした事を、シードが代弁してくれた。

深く頷《うなず》きながら「はい、頑張ります」と答えれば、私を横目に見た彼は、フンと大きく鼻を鳴らした。

「……あんまり肩に力が入り過ぎて失敗しても意味がないから、まぁ適度に頑張りなさい」

彼らしい叱咤《しった》激励《げきれい》に思わずフフフッと笑いながら、「はい」と頷いておく。

そんな中、コトさんが急に私たちの輪から、一人タッと走り出た。

「あっ！　あの薬草は！」

好奇心に煌めく彼女《かのじょ》の瞳を見るに、珍《めずら》しい物でも見つけたのだろう。目の前の薬草しか見えていない彼女に思わず苦笑してしまう。

しかしそんな弛緩《しかん》した空気がまた張り詰めるのは、一瞬だった。

「て、敵を捕捉！　治癒部長っ!!」

「え？」

アランドさんの弾かれたような声で、手元に夢中だったコトさんが、薬草を片手に顔を上げた。その後ろに、まるで瞬間移動《しゅんかんいどう》でもしたかのように、突然《とつぜん》、黒い影《かげ》たちが見えて。

「暴風刀《ハリケーンブレード》!!」

反射的に放った風の刃《やいば》は、コトさんの横をすり抜けて影たちを切り裂《さ》いた。

動かなくなったそれらの姿は、前に本で見た事がある。たしか名前は。

「イビル・グラスホッパー……？」

バッタの姿をした魔物で、たしか取り立てて強い魔物ではない筈《はず》だ。ただ「一匹いたら五十匹はいる」と本には書かれていて……というところまで思い出して、ハッとした。

「アンタたち！　脅威度：低だけど、相手は放っておくと村の畑を軒並《のきな》み食べ荒《あ》らした挙句に、成長したら人間も食べるような魔物よ！　ここで全部根絶やしにする！　師団長、治癒部長が勝手に動かないように隔離《かくり》してて!!」

「えー？」

「えー、じゃない！　ウロチョロされたら戦闘の邪魔！」

口を尖《とが》らせたコトさんに、シードが目を吊《つ》り上げた。彼女は仕方がなさげに眉尻《まゆじり》を下げたけど、今はそちらに構っている暇《ひま》はない。私たちはすぐさま戦闘に入る。

本に書いてあった通り、本当に倒しても倒してもキリがないと思いながらすべての敵を倒した頃《ころ》には、流石に私もヘトヘトになった。

その後の休憩時《きゅうけいじ》にコトさんが嬉《うれ》しそうな顔で、あの時に採取していた珍しい薬草を見せてくれた。

そこで初めて「彼女には、あの修羅場《しゅらば》の中でしっかりと薬草をマジックバッグに入れる余裕《よゆう》があったのだ」と知り、そんな彼女の肝《きも》の据わり具合に、私は改めて驚かされたのだった。

◆◆◆

時刻はまだ昼前だけど、森の中は日が落ち始めるとあっという間に暗くなるらしい。

今日は森の中で寝泊《ねとま》りをするらしいから、森から出る事は考えなくていい。しかしそれは、何が起きるか分からない森で安全に夜を明かすために対策を取る必要がある、という事でもある。

あの後も休み休み続けた魔物の間引きは日が傾《かたむ》く頃には切り上げて、野営に適した開けた場所で、私たちは野営の準備をし始めた。

暗くなる前にすべき事は、大きく分けて三つ。一つ目が、かまどと寝床《ねどこ》の準備。二つ目が、薪《まき》集め。そして三つ目が、食事の準備だ。

それらを皆《みな》で手分けしようという話になった。しかし問題は、分担だ。

最初は、シードとセリオズ様が、力仕事であるかまどと寝床の準備を。アランドさんが薪集めで、ロイナさんとコトさんと私の三人で食事の準備をする予定だったのだ。

しかし、事ある毎《ごと》にコトさんが、採取した薬草や持ってきていたポーションを食事に混ぜようとした。どんなものが出来あがるのか分かったものではない、という話になり、最終的にコトさんはアランドさんと分担を交代した。

という訳で、私はアランドさんとロイナさんとの三人で、夕食の支度《したく》をする事になったのだけど。

《アディーテ、他の二人はもっと均等に切ってるよ？》

(私もそうしたいのは山々なんだけど……)

自分の仕事の残念さに、私は思わず眉尻を下げる。

実は今日が私にとって、初めての料理だった。だから二人から教えてもらいながら、まずは材料を切っていたのだけど、時間がかかる上に、切った筈なのに一部繋《つな》がったままの食材たちと、成果は実に不格好だ。

遠征先《えんせいさき》での食事は基本的に、持って来ていたパンと、野菜とお肉が入った温かいスープ。簡素な物になる代わりに、暖も取れて栄養も取れる。そういう献立《こんだて》なのだとか。

今回もその例に漏《も》れていない。お陰《かげ》で調理工程も簡単な筈なのだけど、それでもやはり初心者には難しいらしい。

繋がったままの食材を物珍《ものめずら》しそうに横からちょいちょいと突《つ》くブリザに（ダメよ）と一言言いながら、私は食材を手にとって、ちぎるようにして分離《ぶんり》した。

それに比べて後の二人は、手際《てぎわ》よく作業を進めている。

「お二人は、料理がお上手なのですね……」

間違《まちが》いなく足を引っ張っている自分が申し訳なくなって、眉尻を下げながら呟いた。

「師団の寮《りょう》では料理も当番制だからね。皆段々それなりになっていくんだよ」

「私もゆくゆくは寮に入ることができるように、色々な事ができるようになっておきたいのですが、如何《いかん》せんそういう環境《かんきよう》にはなくて」

「まぁアディーテは貴族だしねー」

「しかも今は王城でお客様扱《あつか》い」

「『お客様』、卒業したいです。どうせ名前だけの、ただの不自由ですし」

そんなふうに話しながら、私はどうにか刻んだ材料を、鍋《なべ》に入れて火にかけようとした。

と、ここで「あれ？」と思う。

鍋に火をかける場所は既《すで》に、シードが作ってくれている。あとはそこに鍋を置き、持ってきた薪に火をつければいいだけ……なのだけど、薪がまだ一本も見当たらない。

「そういえばコトさん、帰ってきませんね」

「もしかして、道に迷っちゃってるとかー？」

「えっ」

それは大変だ。

辺りは既に薄暗くなり始めている。見知らぬ森で道に迷ったら、きっと誰だって心細い。

「私、少し捜してきます！」

そう言うや否《いな》や、私はタッと走り出した。

後ろの方で「いや、多分迷ってるとかじゃなくて――」などという声が聞こえたような気がしたけど、そんな事よりも今はコトさんを捜すのが優先だ。

小走りで、先程コトさんが出かけて行った方角に私も向かう。そんな私を見て、少し遠くで寛《くつろ》いでいたシルヴェストとブリザもついてきてくれた。

少し捜し回らなければならないかもしれないと思えば、二人の付き添《そ》いはとても心強い。

そう思っていたのだけど、意外にもコトさんは近場にいた。

「あ、アディーテ。これを見てよ。このキノコはね、一度乾燥《かんそう》させる事でポーションの材料の代替品《だいたいひん》として使う事ができる代物《しろもの》でね！」

私がさせた物音に振り返ったのだろう。こちらを見てニコニコと笑う彼女に、私は流石《さすが》に声を上げた。

「コトさん！　薪を拾いに行ったのに、別の物を探すのに熱中しないでください！」


グツグツと煮《に》えるスープの中に調味料を入れたアランドさんが、柄の長い大きなスプーンのようなもので、少しの間満遍《まんべん》なく鍋の中をかき混ぜる。

皆から集めた各自の食器は、既に洗い終えて準備万全《ばんぜん》だ。彼《かれ》はその中から自分の入れ物を手に取って、スープを一口分だけ掬《すく》って、フーフーと冷ましてから味見する。

「……うん、よさそう」

「では！」

「完成でいいと思う。アディーテ、皆の分を注いでくれる？」

彼の言葉に、私は「任せてください」と答えた。

料理で大して役に立つことができなかった分、ここくらいでは役に立ちたい。そうお願いしていたのである。

大きなスプーンのような物を彼から引き継《つ》いで、もう片方の手で木造りの食器を持つ。

慎重《しんちょう》に、零さないように。注意しながらよそい始めると、近くに人の気配がやってきた。

「アンタ、流石に慎重すぎない？　その手つき」

呆れたようなシードの声に、私は手元から目を離さないまま、小さく苦笑を返す。

「こうして何かをよそうのも、私には今までにない経験で」

慣れていない。そう端的《たんてき》に伝えると、シードが「そういう話を聞くと改めて『貴族っていうのは別世界の人間なんだな』と思うわ」と少し不憫《ふびん》そうな声色《こわいろ》になる。

「私も皆さんと寮生活《りょうせいかつ》をすれば、こういう事にもすぐに慣れると思うのですが……」

それをするためには、少なくとも王城側から軟禁《なんきん》状態を解いてもらわなければならない。そのためには、ラナーさんに危害を加えようとしたという冤罪《えんざい》を晴らす必要があるのだろうけど。

――お披露目の儀の時だけではなく、最初の国栄の儀の時にも、あらぬ疑いがかけられていたものね。

この夢が叶うには、もう少し時間が要《い》るような気がする……なんて思いながら、私は全員分のスープをよそい終わった。

緊張感からの解放と、ちょっとした達成感。それらに「ふぅ」と息を吐《は》けば、シードだけではない。皆がそれぞれ、かまどを囲んで座り始める。

みんなにスープを配った私は、自分もまた空いているところ――セリオズ様の隣《となり》に座り、皆で「いただきます」をした。

下手なりに頑張って作った料理を食べながらワイワイと過ごす時間は、いつもの食事の何倍も美味《おい》しい。

太陽は、既に遠くの山の向こうに隠れてしまい、辺りを照らすのは焚火《たきび》だけ。火の中で時折パチンと爆《は》ぜる木を眺めながら、私はおもむろに呟いた。

「こうして夜を外で過ごすのも初めての事ですが、皆と一緒の夜は楽しいです」

「……貴族なのにこんなのがいいだなんて、やっぱりアンタは変わり者よ」

照れくささが混ざったシードの言葉にものすごく彼らしさを感じて、穏《おだ》やかで楽しいこの夜に、私は頬《ほお》を緩《ゆる》めたのだった。


寝床を作ったとは言え、所詮《しょせん》はテントだし森の中である。夜間の見張りは必須《ひっす》という事で、二人一組で交代して休む事になった。

経験と戦力の関係で私とセリオズ様、ロイナさんとアランドさん、シードとコトさんという組み合わせで見張る事になり、最初の見張りは私たちに。他の方たちはテントの中に入っていき、今この場にいるのは私とセリオズ様の二人だけだ。

ブリザは温かな焚火の前で地べたに大の字で寝《ね》っ転《ころ》がってグッスリと熟睡《じゆくすい》しているし、シルヴェストは私の膝《ひざ》の上にチョコンと座っているけど、目を閉じて寝息《ねいき》を立てているので、おそらく眠《ねむ》っているだろう。

「アディーテ、寒くはないですか？」

言いながら彼が渡してくれたのは、焚火で沸《わか》したお湯で淹《い》れてくれたコーヒーが入った木製のカップだった。私はそれを受け取りながら「ええ」と小さく頷いてみせる。

「大丈夫です。師団服には耐寒《たいかん》効果も付与《ふよ》されていますし」

「それならいいですが、先日の二回目の国営の儀《ぎ》の時ほどではないにしても、今日の森はいつもより少し肌寒《はださむ》い。少しでも寒いと思ったら、すぐに言ってくださいね。毛布もありますから」

「はい、ありがとうございます」

隣に座る彼の気づかいに感謝しながら、私はゆっくりとカップに口を付ける。

鼻を抜ける香《こう》ばしさとお腹《なか》に落ちる温かさに、無意識のうちに「ふぅ」とため息が出た。

皆が寝静《ねしず》まり賑《にぎ》やかさが消えた空間に少し寂《さび》しさを覚えたけど、何の気なしに空を見上げてみると、たくさんの星が煌《きら》めいている。

――あぁ、綺麗《きれい》。屋敷《やしき》や王城でも星は見た事があるけど、ここまで綺麗だっただろうか。

そう思いながら再び吐いた息は、コーヒーで温まったからだろうか。少しばかり白く色づいて、すぐに夜の空に溶《と》けた。

「今日は一日、どうでしたか？」

優《やさ》しい声でそう尋《たず》ねられ、ゆっくりと考えを巡《めぐ》らせる。

初めての実戦《じっせん》、初めての森。まだたった一日だというのに、本当に色々な事を経験した。

改めて、訓練の大切さと仲間の心強さを知った一日だった。チョロチョロと動く自由奔《じゆうほん》放《ぽう》なコトさんを見て、半ば反面教師的に集団行動の大切さも分かった。

しかし、今一番思うのは。

「……魔物とは、そもそもどうして生まれるのでしょう」

今日は、初めて野生の魔物と遭遇《そうぐう》した日でもあった。

昼間はただただ目の前のモノを処理するのに精一杯《せいいっぱい》で、あまり深く物事を考える余裕もなかったけど、こうして一日を終えてみて、やっと彼らについて考える余裕ができた。

これは素朴《そぼく》な疑問であり、ほんの少しの憐憫《れんびん》とある種の覚悟《かくご》が籠《こも》った疑問でもある。

魔物には、大きく分けて有機物と無機物の二種類が存在する。

前者は、動植物が魔力《まりょく》に何らかの影響《えいきょう》を受けて変異した成れの果て。後者は魔力を持つ物やそれを集める特性のある無機物が、それによって機動性と攻撃性《こうげきせい》を持った存在。

学園ではどちらも人間の敵だと教えられ、今まで私もその事を、知識として「もう決まったものだ」と、どこか漠然《ばくぜん》と納得していた。

訓練ではいつも魔物に似せたゴーレムを相手にしていたから、それに攻撃を加える事、壊《こわ》す事に特に何かを感じる事はなかった。

しかし。

今日対峙《たいじ》した敵たちは、どれも有機物——生き物の形をして呼吸をしているモノたちだった。だからだろうか、考えてしまう。

「もし彼らが本当に魔力によって変質してしまった存在なのだとしたら、そもそも魔物になどならなければ、私たちが彼らを間引く必要はなかったのではないでしょうか。そうすれば、彼らは明日も生きていた……」

頭の端《はし》では分かっている。こんな感傷に浸《ひた》れるのは、それこそ今日を生きて終えられるからこそだし、この世界のどこかには今も魔物の被害《ひがい》を受けて苦しんでいる方がいるのだと。

私たちが今日した事は建設的な自衛行為《こうい》であり、未来の被害者《ひがいしゃ》を減らす事にもなるだろう。師団にはたくさんの『人々の平和を願っている方たち』がいて、私の夢がそんな彼らの手助けである以上、潜在的《せんざいてき》な脅威に対処する事は必要だと納得もしている。

しかし、彼らと対峙して思ってしまったのだ。彼らにだって、普通の生物としての穏やかな生があったのかもしれない。それを望んでいたかもしれない、と。

それは、聖女である自分が聖女と名乗ると望む未来を歩めないのと、どこか似ているような気がした。ただ『そういう存在である』というだけの理由で、本人の意思に関係なく立場や運命が決まってしまう。魔物とは、そういう存在であるように思えた。

もしかしたら、こんなのはあまりに甘《あま》い幻想《げんそう》なのかもしれない。

もし今日誰《だれ》かが回復不可能な痛手を魔物に負わされていたら、こんなふうには思えなかったのかもしれない。それどころか、実際に魔物の被害に遭《あ》った方々からすれば、このような考え方は到底《とうてい》受け入れられない不誠実な意見に思えるかもしれないけど。

「そのような事、考えた事もありませんでした。しかし……そうですね。たしかに存在しないものは、我々に被害を与《あた》える事もできません」

ちょうど自身の言動を「軽率《けいそつ》だったか」と、思い始めた時だった。感心を孕んだ声色に顔を上げてみると、微笑むセリオズ様がいた。

私の驚《おどろ》きや不安を、彼はおそらく感じ取ったのだろう。

「そう思う事で、いざという時に判断が鈍《にぶ》り周りを危険に晒《さら》すようでは困りますが、そうでないならアディーテが何を考え目指そうともいいと、俺は思いますよ？　アディーテらしい考えだなとも思いますしね」

彼はいつだって、私の不安を包み込み肯定《こうてい》してくれる。こういう部分に私がどれだけ助けてもらっているのか。サラリとこういう事をやってのけてしまう彼は、もしかしたら分かっていないのかもしれないけど。

「ところで気が付いていますか？」

彼がおもむろに手を伸《の》ばしてきた。何だろう。

「周りは皆寝《みなね》静《しず》まっていて、誰も私たちを見ていない」

彼はフワリと優しく微笑んで、掠《かす》めるようにやんわりと、私の頬に触《ふ》れてきた。

「──夜闇《よやみ》の中、二人きりですね、アディーテ」

ひんやりとした彼の指先に、一瞬思考が停止する。しかし後追いで、彼の言葉の意味を理解して。

「れ、れっきとしたお仕事です！」

勢いよく立ち上がり、物理的に距離《きょり》を取った。

膝の上で目を閉じていたシルヴェストが、転げ落ちてブリザのところで止まる。

《んー？　なぁに、アディーテどうしたの……？》

私に触れた体勢のままでキョトンとしたセリオズ様の足元で、シルヴェストがムクリと体を起こした。セリオズ様の後ろでは、テントから「魔物?!」と言いながらアランドさんが躍り出てくる。

「何かあったのー……?」

「魔物なんて来てないでしょ。殺気の欠片《かけら》もない」

眠そうなロイナさんも顔を出してきた。シードに至っては、テントの中から顔さえ出していない。そんな中、ブリザだけがまだ爆睡《ばくすい》している。

楽しげに笑い出したセリオズ様は、彼らに答える気がないように見えた。

慌《あわ》てて「何もありません!」と答えれば、眠そうな目のロイナさんが「そっかー……」と言いながら引っ込む。アランドさんなんて「あー……ごめん」と言いながら、再び寝に行った。

その謝罪の言葉の理由が分かったのは、次の日の朝の事である。わざわざ「昨日は邪魔してごめん」と謝《あやま》る彼に「あれはいつものセリオズ様の悪ふざけが過ぎたせいで、他意はない」と説明するのには、少々骨が折れたのだった。

森の奥《おく》、暗闇《くらやみ》に包まれた洞窟《どうくつ》の一角が、煌々《こうこう》と赤い光を放っている。

よく見るとそれは小さな赤い光たちの集合体で、どれもがフルフル、フルフルと震《ふる》え、明滅《めいめつ》を繰《く》り返していた。

彼らに言葉は一つもない。にも拘《かか》らず、彼らが笑いにでも悲しみにでもなく、怒《いか》りに震えている事は、アディーテにだったらすぐに分かっただろう。

煮えたぎるような怒りの感情の奔流《ほんりゅう》は、少しずつ膨張《ぼうちょう》し続けている。もう、今にもはちきれそうだ。そうなっても尚《なお》、じわりじわりと。

それでも尚この場が『洞窟の一角』という形を保ち続けていられたのは、そこに居合わせた上位種のお陰に他ならない。

その赤い鳥は、羽を広げ迸《ほとばし》る炎《ほのお》で赤い光たちを牽制《けんせい》し、説得を繰り返している。

彼は他のモノたちの仲裁役《ちゅうさいやく》で、門番で、現状の最後の砦《とりで》でもある。

だからこそ、彼はこの森に来ている『打開の光』の存在を知りながら、会いに行く余裕などなかった。そして彼の奮闘《ふんとう》を、この世界のヒトはまだ誰も知らない。

◆◆◆

ゆっくりと瞼《まぶた》を上げると、目の前は真っ暗だった。

顔には何か柔《やわ》らかで温かなものが、上から覆《おお》いかぶさっている。それを摘《つ》まんで持ち上げて、明るさに思わず目を細めた。

ここ、どこだっけ。……あぁそうだ。たしか昨日は見張りを交代して、テントの中で寝て目を閉じて。

改めて周りを見回せば、テントの中ではまだロイナさんが眠っていた。

たしか彼女は私たちの次に見張りをしたのだ。彼女を起こしてしまわないように気を付けながら、摘まんでいたブリザを横に置いて、ゆっくりと体を起こしテントから出る。

「あらアディーテ、もう起きたの？」

声をかけてくれたのは、シードだ。焚火に薪をくべながらこちらを見た彼に、私は「はい。おはようございます」と応じて思わずキョトンとした。

最後の見張り当番は、シードとコトさんの二人だ。それなのにコトさんが、シードの隣で座ったまま眠っている。

「まぁ魔法《まほう》が使えるとは言っても、元々非戦闘員だしね。頭数になんて端から入れてないわよ」

私の視線を追って、私が何を思ったのかを察したのだろう。フンと鼻を鳴らしながら、シードは少し突き放《はな》すような物言いをした。

しかし彼の言う事だ。おそらく「眠いんだろうから寝かせておいてあげなさい」という意味だろう。相変わらず優しさが不器用過ぎる。

小さくフフフッと笑いながら、私は「顔を洗ってきます」と彼に告げた。

近くに川が流れている。そこの流水を両手で掬い、顔を洗ってタオルで拭《ふ》く。

シャッキリと目が覚めたところで、肩に感じ慣れた重みが加わった。

《おはよう、アディーテ》

(おはよう、シルヴェスト。どこに行っていたの？　起きた時、テントにはいなかったけど)

そう尋ねれば、彼の表情が曇った。

《ちょっと昨日から違和感《いわかん》があって、周りを見回ってたんだけど》

（違和感？）

そういえば、昨日森に入る前にもそんな事を言っていたような気がする。

（理由、分からなかったの？）

《うーん》

シルヴェストの歯切《はぎ》れがものすごく悪い。実際に分からなかったのだろう。

《でも、絶対に何かはおかしいよ、この森》

（もしかして、私たちの出番になりそう？）

もしその違和感の正体が魔物《まもの》に関係のある事ならば、師団の遠征《えんせい》の目的に被《かぶ》る。そうでなくても、もし精霊絡《せいれいがら》みの事ならば、シルヴェストたちと協力してどうにかした方がいい。

《警戒はしておく。アディーテも一応覚えておいて》

（うん、分かった。ありがとう）

そう答えながら野営地に戻《もど》り、起きていたセリオズ様と挨拶《あいさつ》をして一緒《いっしょ》に食事の準備をする。そのうちロイナさんやアランドさんも起きてきて、二人がシードと三人でテントを撤去《てっきょ》している間に食事の準備が完了《かんりょう》した。

まだ寝ていたコトさんを起こして、皆で朝食を囲む。食事の途中《とちゅう》で最後に起きてきたブリザは、寝ぼけてコトさんの頭の上に着地した。見かねたシルヴェストが仕方がなさげにブリザを引っぺがす様子が、何だか無性《むしょう》に微笑《ほほえ》ましかった。

ご飯を食べ片づけまで終えると、すぐにその場を後にした。遠征の予定は一泊二日《いっぱくふつか》。今日の夜には王都に戻れるようにと考えれば、動き出しが早いに越したことはない。

皆程よい緊張感《きんちょうかん》を保ちつつ、森の中を探索《たんさく》する。

朝のシルヴェストからの忠告もあって周囲に気を配りながら歩いていると、シルヴェストが言っていた『違和感』を私も抱《だ》くようになった。

何がどう、とは説明しにくい。ただ肌《はだ》でそう感じるのだ。

しかし他の皆は、誰もこの違和感を抱いていないようだ。となれば、私が思いつける原因は一つだけ。

（……ねぇシルヴェスト。少しの間なら周りの精霊《せいれい》たちに「私に干渉《かんしょう》しないでほしい」ってお願いできる？）

《え？　うんまぁ流石の下級精霊でも、少しの間の命令なら覚えていられるんじゃないかな》

でも何で？　そう尋ねるように彼が首を傾《かし》げてくる。

（もしこの違和感の正体が精霊に関する何かなのだとしたら、彼らの行動を制限しているこのバングルを外してみれば、何かが分かるかもしれないと思って）

そう言いながら、手首のバングルに手をかける。

たとえ一瞬でも、精霊がたくさんいるこの森の中でバングルを外す危険性は、私も十分分かっている。しかしこうする事以外に、検証の方法が思いつかない。

もし本当に精霊絡みなのだとしたら、私以外の誰も変化に気が付けない。気が付けるところまで来てしまったら、おそらくもう手遅《ておく》れだろう。そういう事が簡単に起きてしまうのが、精霊案件なのである。

（じゃあお願いね、シルヴェスト）

《分かった》

面倒事《めんどうごと》を快く引き受けてくれた友人に感謝しながら、私は手首のバングルを外した。

精霊除《せいれいよ》けの効果が消え、周りには下級精霊たちが、私に吸い寄せられるように戻ってくる。

それ自体は、いつもの光景だ。王城の自室でバングルを外した時の景色と、そう変わらない。チカチカと明滅する色が本当に綺麗で……って、あれ？

（赤色だけ、いない……？）

私の周りにいる精霊は、青や黄色、茶色に緑。様々な色の子がいるけど、何故《なぜ》か赤だけまったくいない。

精霊は、場所によって種類に偏《かたよ》りがある事はある。たとえば水辺には水の精霊が多いし、森には土や風の精霊が多い。しかしゼロは、あり得ない。

ヒトの中にも変わり者がいるように、精霊たちにも変わった子がいる。なのに今、少なくとも私の目の届く範囲《はんい》には、赤色だけが見当たらない。

（シルヴェスト、火の精霊たちがどこにいるかって分かる？）

《え？　……あっ、それかぁ！　違和感の正体!!》

シルヴェストがポンと手を叩《たた》きながら言った。

自由を愛する精霊たちは、あまり他の精霊の動向を気にしない。シルヴェストも、私に関する何かでもない限りその例外ではない。

シルヴェストが、耳をピンと立て数秒後。

《下級精霊たちは皆、もっと奥の方に集まってるんだって》

そんなふうに教えてくれた。

そういえばこの森に入ってから少し肌寒いなと思っていたけど、もしかして火の下級精霊たちが奥に集まっているから寒かったのだろうか。小さく納得《なっとく》しながら（集まってるの？何故？）と尋ねると、彼は《さぁ？》と首を傾げつつ言う。

《何か怒《おこ》ってるって》

（怒ってる?!）

サァーッと、顔から一気に血の気が引いた。

精霊たちは皆、自分の気持ちにとても素直《すなお》だ。喜びも悲しみも我慢《がまん》しない。怒りだってもちろん同じで、特に下級精霊は知能が低い分互《たが》いに感情が呼応しやすいという性質もある。

もし、何らかの強い感情を抱いた精霊を核《かく》に、他の精霊が強い共感反応を起こしたら。

そんな事がついこの間、一度目の国営の儀で起きてしまった事を知っている身としては、どうしても嫌《いや》な予感を抱かずにはいられない。

「アディーテ？」

私の異変を察知したセリオズ様が、暗に「どうしたのか」と聞いてきているのが分かった。

彼に今すぐ相談しようか。精霊たちの事と、彼らが森の奥に集まっているので私も行きたいという事を。

……いや、ダメだ。今周りには、他の方たちもいる。ここですべては話せない。

そう思った時、ふと周りの空気が少し温かくなったような気がした。

しかし原因を確かめるまでもなく、アランドさんが声を上げる。

「敵捕捉《ほそく》！　数は一……だけどこれは」

驚愕《きようがく》の声に、恐怖《きようふ》が交じった。彼の言葉の続きを聞く前に、その理由が目の前に現れる。

「何でこんな所にサラマンダーが……?!」

「フォーメーションβの二よ、アンタたち!!」

弾かれるように、シードの鋭《するど》い命令が飛んだ。私たちはまるで硬直《こうちよく》の魔法から解けたかのように、ハッと我に返って身構える。

サラマンダー――火の属性を持った全長五メートルは優に超《こ》える体躯《たいく》の蜥蜴《とかげ》の魔物は、ギョロリとした両の目でこちらをジッと見てきている。

まるでこちらの出方を待っているかのようだ。バングルを着け直しながら、そう思う。

硬《かた》い鱗《うろこ》に覆われているサラマンダーは、防御力《ぼうぎよりよく》にも優《すぐ》れているけど、攻撃力《こうげきりよく》が強い事でも有名だ。先に動かれるとこちらの不利になる。強者の貫禄《かんろく》を感じさせるこの相手の静観は、そういう意味では僥倖《ぎようこう》だと言っていい。

「攻撃力上昇《オフェンスアップ》、防御力上昇《ディフェンスアップ》、俊敏性上昇《アジリティーアップ》！」

アランドさんの強化魔法が発動し、ちょっとした万能感《ばんのうかん》が体を駆《か》け巡った。その応援《おうえん》を受け取って、私は手を前に突き出す。

「行くよ、アディーテ！」

「はい、ロイナさん！」

フォーメーションβの二。シードの指示に従って、私はロイナさんと同時に魔力を練り上げ始めた。

サラマンダーが、目の前で火を噴《ふ》いた。狙《ねら》いはまっすぐ私たち。しかしその一撃《いちげき》は当たらない。

「インパクトォォォ！」

シードの気合の籠った雄叫《おたけ》びと、男気のある拳《こぶし》が炸裂《さくれつ》した。

拳自体が、直接サラマンダーに届く事はない。代わりに拳から繰り出された余波が、敵の高火力を押《お》し返す。

「絡《から》め取り」

「水よ」

「締《し》めつけよ」

「渦巻《うずま》け」

私たちの詠唱《えいしょう》が絡み合う。

防御力が高い敵を倒《たお》すために二人で頑張《がんば》った練習の成果を発揮するとしたら、今しかない。そんな思いの元、二つの異なる中級魔法がそれぞれ構築されていく。

複合魔法に必要なのは、術者の息を合わせる事。だから。

「棘蔦《ソーンアイビー》！」

「水渦《ウオーターボルテックス》！」

心を合わせて発動した魔法は、解《ほど》けない。茨《いばら》の蔦《つた》に水の渦が巻きつき一つとなった魔法は、威力《いりょく》を増したままサラマンダーの巨体《きょたい》に迫《せま》っていく。

水の渦で強化された刺《とげ》の蔦が、しなって固い鱗を持つサラマンダーの最も弱いところを叩いた。

サラマンダーとは相性《あいしょう》の悪い水で強化されていたのもよかったのだろう。敵の鱗にヒビが入り、悲鳴を上げさせる。

強烈《きょうれつ》な攻撃魔法《こうげきまほう》の成功に、ロイナさんが隣で小さく「やった！」と、ガッツポーズをした。

この土壇場《どたんば》で初めて成功した複合魔法に、私もホッとする。しかし敵はまだ倒れていない。

再び身構えた私の横を、強く地を蹴《け》って加速したシードが通り過ぎた。

自身の体を身体強化《フィジカルアップ》で赤く輝《かがや》かせながら、まっすぐサラマンダーに突進《とっしん》した彼は、速度をそのまま乗せた拳で、鱗に入ったヒビを狙って――。

巨体なので、流石に吹《ふ》っ飛びはしなかった。それでも真上に向かって放たれた力は、サラマンダーの体を浮《う》かせ、周りに余波を齎《もたら》した。

爆風《ばくふう》が通り過ぎた後、残ったのは倒れたサラマンダーの巨体と、「ふぅ」と息をついて振《ふ》り返り「アンタらやっとできたじゃない」と私たちを労《ねぎら》ったシードだけ。これだけの事をやっておいてケロッとしているのが流石だった。


「普《ふ》段《だん》は穴ぐらの中に生息しているサラマンダーが、何故こんな所にいたのか」

サラマンダーから採れる素材と生薬をロイナさんとコトさんが採取しているのを眺《なが》めながら、セリオズ様がそう呟《つぶや》いた。

たしかに彼の言う通りだ。

サラマンダーはたしかに強いけど、基本的に寝床にしている洞窟からは出てこない。元々そう簡単に増える魔物でもないため、今回の間引き対象にも入っていなかった。

そんなモノとの邂逅《かいこう》を、『たまたま』で済ませてしまう訳にはいかない。この森でいつもと違《ちが》う事が起きていると考えた方がいいだろうし、原因が気になるのも当然だ。

しかし、一体何が……。

《ねぇねぇアディーテ》

（ごめんね、シルヴェスト。今とても大事な考え事をしているから、できればあとで――）

《サラマンダーの住処《すみか》って、森の奥の方じゃない？》

そう言いながら彼が指した方角には、岩山が少し見えていた。

私はゆっくりと目を見開く。

「セリオズ様。もしかしてこの森のサラマンダーの生息地は、あの岩山ですか……？」

「たしかにあの岩山の中の穴ぐらに、サラマンダーの住処がありますが」

だとしたら、火の精霊たちが森の奥に集まっている事と、何か関係があるのかもしれない。

そうでなくても、サラマンダーとの戦闘中《せんとうちゅう》に火の精霊たちの気配が、集中すれば私にも感じ取れるくらいにまで、感情を高ぶらせ膨《ふく》れ上がっている。

火の魔物・サラマンダーと、火の精霊たち。魔物と精霊という違いこそあれど、同じ属性という共通点もある。

ただの偶然《ぐうぜん》の可能性もあるけど、そうでない可能性と、どちらにしても精霊の件はどうにかしなければならない事、何よりものすごい胸騒《むなさわ》ぎが、私に口を開かせた。

「セリオズ様。あの岩山を、少し調査しませんか？」

予定にない事をしようとすれば、もちろん元々の予定は崩《くず》れる。それでも私だけではなく師団にとっても、向かう理由はあると思った。

私の進言に、セリオズ様は少し驚いたようだった。しかしすぐに目元を緩めて「そうですね」と頷《うなず》く。

「これが終わったら、皆《みな》で森の奥まで行きましょう。目的は、サラマンダーが出てきた原因調査と対処。食料がある五日間で成果が出せなければ、一度王都に戻ります」

彼の言葉に、それぞれ異口同音に了承《りょうしょう》する。

しかしその時だ。

《えっ、ちょっと待って！　あっ……》

シルヴェストが突然《とつぜん》上げた慌てた声に、（どうしたの？　シルヴェスト）と聞き返した。

彼が《そ、それが……》と言いながら、引きつった笑《え》みを向けてくる。

《やっとあいつの意識を捕《つか》まえたから、「何やってるんだよ」って話しかけてみたんだよ。そしたら「今はそれどころじゃない！」って言って、一方的に突っぱねられて……》

あいつが誰なのかは、今はどうでもよかった。

シルヴェストが今わざわざ意識を捕まえようとする相手が、森の奥の精霊以外に思いつかない。その相手が余裕《よゆう》なさげだというだけで、悪い想像が加速する。

――時間がない、かもしれない。

「セリオズ様、急ぎましょう！」

彼をまっすぐ見据《みす》えて言う。

皆の前で細かい説明をする事はできない。しかし、この人なら。そう信じ、彼に判断を促《うなが》す。

ただならぬ私の様子を感じ取り、彼も真面目な顔になった。目の奥を覗《のぞ》き込《こ》むように私を見つめて、数秒後。彼は前言を撤回《てっかい》する。

「たしかに何かが起きてからでは遅《おそ》い。分かりました。アランド、今すぐ再度全員に俊敏性《アジリティー》上昇《アップ》の魔法を。皆、今すぐ全力で走ってください。目的地まで急行します」


サラマンダーの住処に近付くにつれて、精霊たちのざわめきを肌で感じるようになってきた。

たしかにシルヴェストが言っていた通り、彼らは怒っているらしい。何に対して怒っているのかまではまだ分からないけど、怒りの波を感じる度に先日の『冬の到来《とうらい》』を思い出させる。

シルヴェストやブリザも同じなのだろう。眉間《みけん》にしわを寄せるウサギと、ずっとアワアワしているシロクマ。道中、二人もかなり落ち着かない様子だった。

辿《たど》り着いた先にあったのは、草木も生えない岩山だった。ポッカリと開いた天然の洞窟《どうくつ》の前に立つと、途端《とたん》に皆、異常に気が付く。

「ちょっとこの辺、暑過ぎない？」

中から漏《も》れてくるムンワリと熱い空気に、まずシードが片眉《かたまゆ》を上げた。アランドさんがそれに同意し、ロイナさんも迷惑《めいわく》そうに「昨日の夜はちょっと肌寒いくらいだったのに、まったくもー」と口を尖《とが》らせる。

皆、異変には気が付いていても、あまり深刻には捉《とら》えていないらしい。

隣でシルヴェストが《精霊たちが集まってるからね》と言っている。

おそらく彼らには関知しようもない理由だし、師団服には耐熱効果《たいねつこうか》も付与されているから、このくらいの暑さなら煩《わずら》わしく思うくらいで済む。警戒《けいかい》して動きにくくなるよりは、その方が随分《ずいぶん》とやりやすい。

「では、ここからは手分けをして調べていきましょうか」

洞窟の中に足を進めて三つに分かれた道にさしかかったところで、セリオズ様が口を開いた。

「二人一組で、グループ分けは……夜の見張りと同じにしましょう」

セリオズ様の言葉に、皆がそれぞれコクリと頷く。

「ではアディーテ」

何だろう。こちらを向いた彼《かれ》に首を傾げると、彼はにこりと微笑んだ。

「どの道を行きたいですか？　今なら選び放題です」

彼の目が、私に「貴女《あなた》が行きたいのはどこですか？」と優しく尋ねてきているようにみえた。

私の異変に気が付いてくれている。心強い味方に感謝しつつ、「では」と答えて指をさす。

「この右の道を」

選んだのは、もちろん火の精霊たちの怒りが渦巻く道だ。

セリオズ様は頷いて、残りの二つを他のグループに割《わ》り振った。

特に異議が出る事はなかった。コトさんが「ええーっ?!　私はアディーテと一緒がいい！」と言ったけど、シードが彼女《かのじょ》をヒョイと小脇《こわき》に抱《かか》えて、さっさと連れていってしまった。

「では行きましょうか」

「はい、セリオズ様」

私たちも、ロイナさんたちと「また後で」と言葉を交《か》わしてから、右の道を進み始める。

進むにつれて、伝わってくる怒りの濃度《のうど》が濃くなっていくのを感じた。

私は人知れず固唾を呑む。

何故こんなにも怒っているのか。理由が分からなければ、対処法も分からない。ここまで強い感情ともなれば、彼らがどうなっているのかも分からない。分からない事ばかりである。

彼らは聖女《私》に善意で手を貸したり守ったりしてくれるのであって、私を害せない訳ではない。セリオズ様はたしかにすごい魔法師だけど、流石《さすが》に精霊に対抗《たいこう》できるほどの力まではない。

むしろ精霊が見えない分、いざとなれば私が彼を守るくらいの気《き》概《がい》でいなければ。そんな緊張と責任感を、両手の中にグッと握《にぎ》り込む。

その時だ。

《大丈夫《だいじょうぶ》だよ、アディーテ。君は僕《ぼく》が守ってあげるからね！》

頭の上にチョンと乗り顔を覗き込んできた逆さまのウサギの、黄金色《こがねいろ》の目と目がかち合った。彼の心遣《こころづか》いのお陰《かげ》で、拳と肩《かた》の余分な力が抜《ぬ》けてホッと息が吐《は》けた。

（ありがとうシルヴェスト。頼《たよ》らせて）

《もちろん！》

《私もぉぉ!!》

（ブリザの事も信じてるわ）

《わーい》

能天気なまでのいつも通りの彼らがとてもありがたかった。一気に気が楽になり、平常心にまで戻る。

《あ、そうだ。蹴散《けち》らせるんじゃなくて対話で事を解決したいんなら、そのバングルは外しておいた方がいいよ。それは精霊を不快にさせるから》

（たしかにそうね。……あ、でも）

シルヴェストの助言に従いバングルに指を触れたところで、一度止めて隣《となり》を見上げる。

「あの、セリオズ様」

「何でしょう」

「もうすぐ精霊たちのところに着きます。対話のために、この精霊除けのバングルを一時的に外したいと思っているのですが、そうすれば精霊除けの効果が失われます」

彼にこの話をするのは、今までは私の近くにいた事で、彼もその恩恵を結果的に受けていたからだ。

このバングルを取った瞬間、彼は精霊に対して完全に無防備になってしまう。

「これから行くのは、怒りに荒《あら》ぶる精霊たちのところです。この精霊除けのバングルを着けていれば、セリオズ様は護《まも》られます。一定以上距離を取っていれば、私も精霊との対話を問題なくできると思いますから――」

「それはつまり、俺《おれ》に『バングルを装着して離《はな》れていろ』という事ですか?」

私は答えを返せなかった。彼の目が、珍《めずら》しく私を咎《とが》めていたから。

しかし彼にはその反応だけで、十分答えになったようだ。

「なら、答えは最初から決まっています」

彼はそう言うと、「間違《まちが》えた」と自覚した私を包み込むように優しく微笑んだ。

怒っていなかった。そう分かりホッとした私の手を、彼の手がそっと取る。

彼がそのまま、私の腕《うで》のバングルをゆっくりと引き抜いた。それを私の手の上に載せ、優《やさ》しく握り込ませながら言う。

「すべてが終わって俺の手でこのバングルをはめ直すまで、ずっと君の側にいますよ」

彼の柔らかな声からは、私に対する強い信頼《しんらい》と固い意志が感じ取れた。――それなら。

「詳《くわ》しく現状を説明する暇《ひま》はありません。私自身、まだ分かっていない事もあります。しかし」

彼の目を真《ま》っ直《す》ぐ見て言った。

「可能な限り最善を尽《つ》くします。セリオズ様や師団の皆が生きるこの世界を、守るために」

私も、彼を巻き込む決意をした。それが、彼が向けてくれた気持ちに答える事になると思った。

精霊たちが集まっているのは、洞窟内に部屋のように開いた横穴の一つの中だった。

中に足を踏《ふ》み入れると、続いたセリオズ様が「なるほど。サラマンダーの住処はここだったようですね」と呟く。

たしかサラマンダーは、住みつく洞窟にクッション兼《けん》食事として、藁《わら》を持ち込む習性があると本に書かれていた筈《はず》。辺りに散らばる藁を見て、私もそんな事を思い出した。

そんな場所で精霊たちは、集まって一つの大きな赤い光のようになっていた。

彼らはあまりに怒り過ぎていて、おそらく私の訪《おとず》れにも気が付いていないようだった。

感情に意識を支配されて、周りが見えなくなってしまっている。

かなり危険な状態だ。それこそ今すぐにでも、先日の精霊たちの暴走の再現になってもおかしくない。

むしろ、よくここまで暴走しなかったものだ。それもこれも、すべては彼らのすぐそばで《だからダメだ。そういうのはよくない！》と太い声で制する精霊のお陰に他ならない。あの、お饅頭《まんじゅう》みたいなフォルムの、丸いシルエットの——。

「赤い、鳥？」

思わず疑問形になってしまったのは、普通《ふつう》の鳥にはもっとスマートな印象があったからだ。両羽を大きく広げていなければ、鳥だとは気付けなかったかもしれない。

フルフルと怒りに震えている無数の赤い球体たちに、羽をバサバサとさせて炎をけしかけている姿は、見様によっては彼らに危害を加えようとしているようにも見える。

しかし、そもそも火の精霊に炎は害を与《あた》えない。むしろ上質な炎の供給は、彼らを治癒《ちゆ》する力さえ持つ。

（もしかして、回復させる事でギリギリで正気を保たせている？）

《うん。洞窟内の異様な暑さの原因も、多分コレだ。まぁイリーは、全然気が付いていないみたいだけどね》

イリー……。あぁそうだ。そういえばたしかやってくる予定のブリザのお目付け精霊は、鳥の姿をした火の上位精霊だった筈。という事は、この子があの『すぐに道中で引っかかる』という、心配性《しんぱいしょう》で、街中で火柱を上げた精霊か。

そう思えば、どうしたってまじまじとその精霊を見てしまった。しかし、そんな悠長《ゆうちょう》なことができたのもここまでだ。

先の回復の効果が薄《うす》れたのか。下級精霊たちの感情が、発作《ほっさ》のようにまたブワッと膨れ上がった。

呑気《のんき》な事を考えているような暇はない。

(皆、ストップ!)

慌ててそう声を上げてみるけど、彼らには届いていないみたいだ。

(シルヴェスト!)

《任せて。ちょっと目を覚まさせよう》

私の願いに呼応して、シルヴェストが彼らに精霊術の源・自然の力をそのままぶつけた。

衝撃波《しょうげきは》に殴《なぐ》られた精霊たちは、それで一瞬《いっしゅん》正気に戻る。今だ。

(皆、ストップ!!)

今度は無事、皆の耳に声が届いたようだった。

相手は光の球だから顔が見える訳ではないけど、視線が私に集まったのを感じる。そして。

「うわっ」

赤い光たちがワラワラと周りを取り囲んできたものだから、思わず驚《おどろ》きの声が出た。私を見守っていたセリオズ様が「大丈夫ですか?!」と少し慌てた声を上げる。

彼が慌てるなんて、珍しい。

見えないモノに襲《おそ》われているかもしれないと心配してくれているのだから、我ながら「こんな事を思うのはどうなのか」とも思うけど、彼の新しい一面に思わずクスリと笑みが零《こぼ》れた。

彼に「大丈夫です」と一言返して、改めて精霊たちを見る。

私を取り囲む赤い光たちは、私を歓迎《かんげい》してくれていた。私が聖女だからこその反応だとは分かっているけど、ここまで熱烈《ねっれつ》に歓迎されて嬉《うれ》しくない筈がない。

一見すると、これですべては解決したように見える。

しかし私がいなくなったらまた誰《だれ》からともなく怒り出し、先程《さきほど》の再現になるかもしれない。そうしたら、再び彼らの感情の爆発《ばくはつ》を抑《おさ》えられる保証はない。

その可能性がゼロではない以上、やはり話はするべきだ。

(どうして皆が怒っているのか、私に教えてくれない?)

私の問いに、彼らはピタリと動きを止めた。しかしそれも一瞬の事。すぐにこぞって明滅し始める。

怒りの感情と、何かを訴《うった》えたい意思を感じた。しかし今は、覚醒時《かくせいじ》。今の私には、下級精霊たちの声は深く深層心理に入り込める睡眠時《すいみんじ》にしか聞く事ができな――。

《試《ため》しにやってみる？　低級たちの声を聞くの》

（え？）

《多分、ちょっとだけならできると思うよ？　聖女としてのアディーテの格、前よりちょっと上がってるし》

思わず目をパチクリとさせる。格が上がった自覚はまったくないけど、シルヴェストが言うのならそうなのだろう。だとしたら。

（やってみたい）

シルヴェストに翻訳《ほんやく》をお願いしようかと思っていたけど、彼らの声が直接聞けるならそれに越したことはない。

そう思った私に、彼は《オッケー、じゃあ導くよ》と軽く請《う》け合ってくれた。

《じゃあアディーテ、目を閉じて一度深呼吸》

（うん）

《集中して……君の願いは？》

（目の前の精霊たちの声を聞きたい）

願いを心中で言葉にすると、静かだった筈の洞窟内が、急に賑《にぎ》やかになった。
ワイワイ、ガヤガヤ。ちょっとごめん。皆が一度に話し過ぎていて、何を言っているのか分からない。
困惑《こんわく》に思わず眉間に皺《しわ》が寄ったところで、シルヴェストが《ちょっと静かに！》と声を張り上げてくれた。
彼の一言で場は静かになる。少しホッと息をはきながら、ゆっくりと目を開いて彼らに微笑んだ。
（ゆっくり話して。ちゃんと聞くから）
私の言葉に、彼らは互いに顔を見合わせた。何度か互いの意見を示し合わせるように明《めい》滅《めつ》し、改めてこちらを向き直る。
《あの女がいけないんだ！》
（あの女？）
《アディーテの偽者《にせもの》》
《アディーテの劣化版《れつかばん》》
《アディーテじゃない、偽聖女《にせせいじょ》》
偽聖女……という事は、おそらくララーさんの事を言っているのだろう。

しかし、何故こんなにも彼女の事を敵視しているのか。元々本物ではない聖女の擁立《ようりつ》に否定的だったけど、ここまでの拒否反応《きよひ》はなかった筈なのに。

《あの女、アディーテを燃やそうとしたんだ！》

《教会でそう願ってた！》

《この森ごと丸焼けにでもなればいいって!!》

（そんな……）

何故森を、ここにいる精霊《せいれい》たちの住処を「丸焼けに」だなんて、そんなひどい事を願ったのか。それが最初に思った事だった。

しかし彼らが最初に思ったのは、そちらではなかったらしい。

《アディーテを傷付けようと願うなんて》

《大好きな森やアディーテを、俺たちに害させようとするなんて！》

《そもそも偽聖女が私たちに願うなんて、不快》

彼らは一気にいきり立つ。それに重ねるようにして、シルヴェストが《多分、聖女が教会でそう願ったのを、こいつらの誰かが聞いたんじゃないかな》と肩をすくめる。

《普通《ふつう》精霊は、ただのヒトの言葉なんて意にも介《かい》さない。けど、ヒトが神に祈《いの》る行為《こうい》は、精霊にも言葉を伝えやすくする》

（そういう事ってよくあるの？）
《滅多《めった》にないよぉ。でも、教会で聖女の手順に則《のっと》った方法で祈ったんなら、ちょっとは可能性が上がるかも？》
《ゼロだった可能性が百分の一か二になるくらいの差だけど、それでも事が起きる可能性はできるかな》
小首をかしげながら言うブリザと、補足を入れてくるシルヴェスト。彼らのお陰で、大分何が起きたのか分かってきた。
《そうでなくても本来、聖女の祈りは『僕たちへのお願い』だ。それを偽者が、しかも自分の好きな場所や好きな人を害するように言ってきたんだから、これくらいは怒って当たり前だよね》
たしかに精霊たちの常識に則れば、当たり前の事に思えてくる。彼らの怒《いか》りには彼らなりの正当性がきちんとある。
そんな彼らの暴走をギリギリのところで食い止めてくれていたのが、イリーだったのだろう。
（ありがとう、止めていてくれて）
《俺はただ、下級たちが暴走した後に力を使い果たして消滅《しょうめつ》するのを見たくなかっただけ

だ》

《なら別に、騒動《そうどう》を僕たちにまで隠蔽《いんぺい》する必要はなかったでしょ。もし隠蔽されてなかったら、僕たちももっと早く気が付けた》

《仕方がないだろ。周りにまでこの騒動が知られたら、もっと精霊が集まってきたかもしれない。流石の俺でも、そうなったら一人じゃ抑えきれない。そうでなくても、止める事はできても完全に宥《なだ》める事まではできなかったんだからな》

精霊思い《仲間》で心配性。シルヴェストから聞いていた通りのいい精霊だな、と思った。

それにしても、シルヴェストからぶつけられた不満に返ってきたイリーの声には、かなりの疲弊《ひへい》が聞き取れる。相当の苦労があったのだろう。

それも含《ふく》めて、心の中で改めて「ありがとう」と告げる。しかし、私たちが来たことは、私が思っていたよりもずっと、彼を安堵《あんど》させたのだろう。

《でもはぁ、よかった。本当にもう限界だったんだ》

その言葉の通り、周りに及《およ》んでいた彼の力——下級たちを宥め治癒していた、この場の一種の結界の役割を果たしていた力が、弱まった。その結果。

《あっ、えっ、ちょっ！　まだ!!》

《え？》

気の抜けたヘトヘトの声のイリーも、すぐにハッと気が付き青ざめる。

今まで圧縮するようにして押し込められていた精霊《せいれい》たちの負の感情が、弱まったイリーの力をあっという間に虫食いのようにしていく。今までどれだけイリーがこの場に貢献《こうけん》してくれていたのかを、圧倒的《あっとうてき》な力にゾワリと立った鳥肌《とりはだ》がそのまま証明していた。

聖女としての感覚が、私の脳内に警鐘《けいしょう》を鳴らす。

「シルヴェスト！　ブリザも手伝って!!」

心の中で話す事さえ忘れた私の懇願《こんがん》に、彼らはすぐに答えてくれた。しかし動いてくれたのは、彼らだけではない。

「アディーテ、何か手伝える事は？」

「火を抑えたいのですが……！」

それ以上の言葉はなかった。

彼に精霊は見えない。今何が起きているのかを、視覚的にも感覚的にも共有する事は叶《かな》わない。

それでもセリオズ様はすぐに、こちらの状況《じょうきょう》を察してくれた。

「火？　火種がそこにあるんですね？」

確認《かくにん》の声と共に隣で、彼の魔力《まりょく》が練り上げられていく。その感覚に少し安心しながら私も自分の両手の指を、胸の前でギュッと組んだ。

イリーが慌《あわ》てて再び彼らの暴走を小康状態に持っていこうとしているようだけど、一度失った均衡《きんこう》をどうにかできるほどの力は残っていないようだ。

シルヴェストとブリザも力を溜《た》めてくれているけど、おそらくそれだけでは抑止《よくし》できない。なら今私がやるべきなのは、魔法師《まほうし》としての力の行使ではなく、精霊に影響力《えいきょうりょく》がより強い聖女としての力の行使だろうと思った。

集中するために、目を閉じて努めてゆっくりと息を吐く。

すぐ近くで、下級精霊たちの力が集約され、大きな一つの力になっていくのが分かった。とても熱い。溶《と》けてしまうかと錯覚《さっかく》するほどに。それでも私は懸命《けんめい》に自身の集中力を引き上げる。

そんな私の目の前を掠《かす》めるようにして、蛇《へび》のように伸《の》びた強い熱——これは炎《ほのお》の渦だろうか——が、通り過ぎた。

(……シルヴェスト、これの動きを止められる?)

《何か細長いし、一旦《いったん》丸めて抑え込む?》

(そうね。そうしよう)

できるかどうかは分からないけど、シルヴェストが言うのならできるのだ。そう確信して、覚悟《かくご》を決める。

想像した。まず、シルヴェストが生みだした風で炎の渦の先頭を捕まえるところを。そして、それを巻き取るようにして丸《まる》め込むところを。

炎の渦の先頭を捕まえた。

前よりも少し、聖女の力をスムーズに使えているような気がする。

……あぁ、そうか。この感覚は、似ているのだ。他のモノと息を合わせて、一つの力を作り上げる。ロイナさんとたくさん練習した、複合魔法の感覚に。そう自覚すれば、少しだけ心に余裕ができた。

自然と少しだけ口角が上がり、深く息を吐く事ができた。しかしすぐに気を引き締める。

荒ぶる彼らの怒りの具現は、そうなっても尚《なお》激しい抵抗《ていこう》を見せている。

もしここでこの力を取り逃《に》がしたら、きっとこの渦は『怒りの原因』へと向かうだろう。そうなれば、ララーさんはもちろん、そこまでにある様々な物、その先にある様々な物をすべて巻き込んでしまうに違いない。

息が上がり、体にはまるで長時間運動し続けたかのような疲労感《ひろうかん》がのしかかってくる。

それでも、ここで負けるわけにはいかないから。

グッとお腹《なか》に力を入れて踏ん張り、根気よく荒ぶる火の渦を丸め込もうとする。シルヴエストも必死になってくれている。そんな私たちを支えるように、フワリと風が寄り沿ってきた。

無詠唱魔法《むえいしょうまほう》だから、声はない。それでもこれは、セリオズ様の魔力だ。

彼の魔法のお陰で少し、火の抵抗力《ていこうりょく》が抑えられた。大丈夫、これなら行ける。

力をグッと振り絞《しぼ》り、火を綺麗《きれい》な球体に丸め込めた。一度ホッと息を吐いてから、次は近くのシロクマに声をかける。

(ブリザ、準備は?)

《万全《ばんぜん》だよぉ!》

(じゃあ包んだこの火の渦を、凍《こお》らせる事はできそう?)

《できる!》

元気のいい返事に頷き返して、私はまた脳内で想像した。

この火の球を凍らせて無害にする。本来氷は火に弱いけど、ブリザがまるで私の思考を読んだようなタイミングで《任せてぇ!!》と張り切ったのだから、大丈夫だろう。

シルヴェストと作った球体のど真ん中に、ブリザの力の狙いを定めた。そして……撃《う》つ!

ガキィィンという鈍《にぶ》い音を立て、球体の中心点から氷柱《つらら》が幾《いく》つも生えて凍ったのを脳裏で知覚した。きちんと凍らせ切ったブリザの力は、圧倒的と言わざるを得ない。

張り切っただけの事はあった。問題が一つあるとすれば、ちょっと張り切り過ぎた事だ。

ブリザの力の余波は周囲にまで及び、室内にいるモノを無差別に襲った。

イリーは自然の力をぶつけて冷気を退け、セリオズ様も危険を察知して咄嗟《とっさ》に魔法で相殺《そうさい》する。

ブリザにとって氷は、栄養も同然で害はない。私に触《ふ》れた冷気がすべて弾かれるようにして消し飛んだのは、シルヴェストが私を自分共々守ってくれたからだ。

しかしそれ以外のモノ——火の下級精霊たちには、そういった抵抗力はどうやら残っていなかったらしい。

一瞬にして、彼らが凍《こご》えたのを感じた。

折り重なって雑音のようになりながらもずっと聞こえていた声が、まるで壁《かべ》を一つ隔《へだ》てたかのように、突然聞こえ難《にく》くなる。目を開けて祈りのポーズを解けば、目の前には氷の中で弱々しく明滅している彼らがいた。

氷よりも火の方が強いとはいえ、相手は上位精霊な上に、低級精霊たちは皆、力を暴走させたばかりで疲弊している。そこから抜け出せる程《ほど》の力は、おそらく残っていなかったのだ。

後ろでシルヴェストが《やりすぎだよ！》と怒り、イリーが顔を青ざめさせている。しかし今はそんな事、どうでもいい。

――助けなきゃ。

反射的にそう思った。

だけど、そもそも精霊術は魔法の上位互換《じょういごかん》。余波に当てられただけだから全快の時のセリオズ様にならば可能性はあったかもしれないけど、私の魔法で打ち砕《くだ》ける気はまったくしない。

誰かに助けてもらうにしたって、皆力の疲弊が色濃《いろこ》い。これ以上の力は借りられない。

それでも何かない？　他に何か。そうでなくても暴走で力を使い過ぎて存在が弱くなってしまっている彼らは、今弱い。だから、どうにかできる何かを。

彼らの命の灯《ひ》が少しずつ消えていくのを感じながら、必死に脳みそを回転させる。

何でもいいのだ。彼らを氷漬《づ》けの現状から解放し、回復させる事ができる可能性が生まれればそれだけで――。

ふと指先が、コツンと硬質《こうしつ》な物に触れた。その先に視線を落として、ハッとする。

そこにあったのは、マジックバッグだ。

運命だろうか。ちょうどその前ポケットに、二種類のポーションの瓶《びん》が刺《さ》さっていた。

効果は、『凍寒からの超回復《ちょうかいふく》』と『広範囲《こうはんい》の回復』。そう思い出した瞬間《しゅんかん》には、もうその二本を引き抜いていた。

ポーションの効果が精霊にも有効なのかは、正直言って分からない。しかしもう、これしかなかった。

飲むのが通常の使用方法であるポーションだけど、床《ゆか》に叩《たた》きつける事には不思議と躊躇《ちゆうちよ》しなかった。

足元で二本の瓶が割れると、その地点を中心に地面に薄く白い光が広がっていく。

周囲の温度が少し上がった気がした。それに呼応するように、低級精霊たちが強く赤色に発光しながらフルフルと体を震《ふる》わせる。

呑み込んでいた氷がパァンと音を立てて割れ、一拍遅《いつぱくおく》れて広がった緑の光が、この場のすべてを包み込んだ。おそらくこれは、癒《いや》しの力だ。低級精霊たちはゆっくりと、本来の穏《おだ》やかな赤を取り戻《もど》す。

「ど、どうにかなった……？」

私の呟《つぶや》きに、精霊たちが嬉しそうにチカチカと明滅した。シルヴェストが肩に乗ってきて、スリッと頬《ほお》に身を寄せてくる。

《被害《ひがい》はゼロだよ。ヒトも、精霊もね》

「よ、よかったぁ」

ため息のような、少し情けない声が出たような気がするけど、そんな事に構っている余裕はなかった。

ペタンと地面に座《すわ》り込むと、低級精霊たちが慌ててこちらに駆《か》け寄ってくる。

《大丈夫？　アディーテ》

《だいじょうぶー？》

口々に心配してくれる彼らの優しさに「大丈夫だよ」と答えながら、元気そうな彼らに私も安堵する。

「お願いだから、ララーさんの言葉にこんな方法で対抗するのは止めて？　彼女の願いに反応しないだけで、十分抗議《こうぎ》の意思は伝わるから」

そう告げると、負の感情を解放し大分スッキリしたのだろう。彼らは素直《すなお》に《そっかー》《そうだね》《そうしよー》と答えてくれた。

本来なら、記憶《きおく》を長期間保持できない下級精霊たちにこんな事を言っても、すぐに忘れてしまうのだから意味はない。

しかしそれは、一度怒《いか》りを解消し納得《なっとく》すれば、すぐに忘れてくれるという事でもある。この納得が、現状の完全な収束にも等しくなる。

よかった。これですべて解決――。

「アディーテェエ、今ポーションを使ったねぇぇぇー?!」

洞窟《どうくつ》の向こうから、女性の声が私を呼んだ。すぐにものすごい足音がして、通路からバッと人影《ひとかげ》が現れる。

小さな身長に、余り放題の白衣の袖《そで》。彼女は姿を現すや否《いな》や、突然地団太を踏み始める。

「私の前で使ってくれるって言ったのに！　何で見てないところで使っちゃったの?!」

「アディーテは別に、そんな約束してなかったじゃない」

追いかけてきたのだろう。後ろから現れたシードが、呆《あき》れ声でそう言った。

少し遠くからロイナさんの「何か治癒部長が走っていったみたいだけど、そっち、何かあったー？」という声も聞こえてきている。

しかしそちらに答える暇はない。

「それで?!　何をやってどうなったの?!　見れなかったんならしょうがない。代わりに全部詳しく聞かせて！」

キラキラと目を輝《かがや》かせるコトさんの後ろで、シードも「っていうかこの部屋で何があったの？　どう見ても真新しい、何かが暴れた後があるんだけど」と片眉を上げて聞いてくる。

正直言って、先程ポーションを使った時の事はあまりに必死でよく覚えていないし、シードが気にしている事の方は、精霊起因の内容だ。どちらもすぐには答えられない。どうしよう。

「っていうかアディーテ、アンタは何でそんなところに座り込んでんのよ」

「あ、ありがとうございます」

シードに腕をグイッと引っ張り上げられて、とりあえずお礼を言いながら立つ。すると
ここでセリオズ様が助け船を出してくれた。

「シード、調査は終わりにできそうですよ。サラマンダーの巣の痕跡《こんせき》と、この火属性の魔物の暴れたような跡《あと》から見て、ここが先程のサラマンダーの住処《すみか》で間違いないでしょう。今その元凶《げんきょう》の除去を済ませたところです」

「あぁ、それでさっき師団長が魔法を使ったのね？」

おそらく彼もセリオズ様の魔力を感じ取っていたのだろう。

シードはセリオズ様の言葉をすぐに信じて、部屋の出口まで歩いていく。外に向けて大声で「二人ともー、調査は終わり。さっきの分岐《ぶんき》で待ってなさーい」と伝えているところを見ると、敵が何かなどの詳細《しょうさい》は戻りながら聞く予定らしい。

すぐ近くでコトさんが「教えて教えて教えて教えて」と、ずっと声を上げ続けている。

そんな彼女のために「何か話せる事は……」とあの時の事を思い出す努力をしていると、

隣に人影が寄り添《そ》ってきた。

「また立ち上がれないようでしたら、今度は馬車までお運びしようと思っていたのですが、残念です」

「んなっ、そんなの結構です‼」

耳元で囁《ささや》かれた声に、頬にカッと熱が集まった。反射的にそう叫《さけ》んだ私に、彼は楽しそうに笑う。

また揶揄《からか》われた。しかも、せっかくポーションの件で何か言えそうな事が思い出せそうだったのに、全部頭から吹《ふ》っ飛んでしまった。

結局その後、王城に戻るまで有力な事は何も思い出せなかった。

お陰で解散するまでの間、私はずっとコトさんからの「教えて」攻撃《こうげき》にさらされ続ける羽目になってしまった。

エピローグ

遠征後《えんせいご》の休息日を挟《はさ》んだ訓練日に、私は師団長室に呼び出されていた。

扉《とびら》をノックすると、すぐに中から「どうぞ」という声が聞こえてくる。「失礼します」と断って入室すると、執務机《しつむづくえ》に向かっていたセリオズ様が、顔を上げた。

「あぁ、アディーテ。ゆっくり休息は取れましたか？」

「はい、有意義な休息日でした」

実際に、ゆっくりと過ごす事ができた。頑張《がんば》ってくれたシルヴェストとブリザに心ゆくまで毛づくろいをしてあげられたし、先日王都で買ってきたお菓子《かし》でティータイムをする事もできた。

「コトから休息日の突撃《とつげき》はありませんでしたか？」

「流石にありませんでした。寮生活《りょうせいかつ》をしていたら、もしかしたらあったのかもしれませんが」

一昨日の彼女の様子を思い出せば、思わず苦笑いが出る。それはセリオズ様も同じだったらしい。「たしかに想像がつきますね」という言葉と共に向けられたのは、私と同じ小さな苦笑《くしょう》だ。

しかし私は、彼女《かのじょ》が嫌《きら》いな訳ではない。

「今日お会いしたら、話せるところは話そうと思います。彼女の助けになりたい気持ちもありますから」

幸いにも休息日のお陰で、実際にあった事の中から話せる事を選別するだけの時間はあった。

彼《かれ》も「アディーテがそうしたいと思うのなら、是非《ぜひ》そうしてあげてください。コトは大喜びでしょうから」と頷《うなず》いてくれたので、また時間を見つけて話しに行こうと思う。

「そういえば、先日話していた街の火柱の元凶である精霊が、あの洞窟にはいたのですよね？」

セリオズ様からの問いに、私はしっかり「はい」と頷く。

「イリーがあの場で下級精霊たちを抑えてくれていたお陰で、どうにかあの場に間に合いました」

彼にはとても感謝している。あの時は「今はまだこの森の精霊たちが心配だから」と森に留《とど》まる選択《せんたく》をした彼だけど、「落ち着いたら王城に行く」とも言っていたので、彼が来たら改めてお礼を言おうと思っている。

「今までアディーテの側にいた精霊たちは、ウサギとシロクマの姿なのでしょう？　今度の子はどんな姿なのですか？」

「鳥です。丸くて羽毛《うもう》がモフモフの」

両手で大きさを示しながら、そう答える。

あれは二人の毛並みとはまた別種の、実に触《さわ》り心地《ごこち》のいいモフモフだった。実は彼に毛づくろいをし再びあのモフモフを堪能《たんのう》できる事を、密《ひそ》かに楽しみにしていたりする。もちろん本人に「させてほしい」と言ってみて、了承《りようしよう》してくれたらの話だけど。

「ブリザ――シロクマの精霊のお目付け役らしいので、シルヴェスト程ずっと私の側にいる訳ではないでしょうが、良好な関係が築いていければいいなと思っています」

「アディーテならおそらく大丈夫《だいじようぶ》でしょう。師団でもうまくやれているのですから」

彼にそう言ってもらえると、少しは自信を持ってもいいのかなという気持ちになってくる。

他人の言葉というのは、偉大《いだい》だ。それが尊敬する方であれば尚の事《こと》。

「ありがとうございます。もちろん彼らには『周りに迷惑《めいわく》をかけるような事はしないように』ときちんと言いますし、私も気を付けて彼らの様子を――」

話の途中《とちゅう》でコンコンと、部屋の扉が外からノックされた。しかしセリオズ様が答えるより先に、不躾《ぶしつけ》にバタンと扉が開く。

現れたのは、ガッシリとした体躯《たいく》の騎士服姿《きしふくすがた》の男性。自身の三白眼の中にセリオズ様の姿を捉《とら》えた彼の眉間《みけん》には、あからさまな皺が刻まれる。

「ダンフィード、何故貴方《なぜあなた》はわざわざ俺《おれ》の部屋に来ておきながら、俺を見て嫌《いや》そうな顔をするのですか」

「仕方がないだろう。顔が勝手にそうなるようにできている」

セリオズ様の問いに、ダンフィード卿《きょう》が面倒臭《めんどうくさ》そうにため息をつく。それを受けて「なら来なければいいでしょうに」と少し突《つ》き放《はな》すような声で呆れたセリオズ様が「で、そこまでして何の用ですか」と尋《たず》ねた。

「殿下《でんか》のお使いだ」

「……もしかしてまた、殿下の機嫌《きげん》でも損《そこ》ねたのですか？」

「違《ちが》う！　今回のは、自分から引き受けたんだ」

「何故《なぜ》」

「用事があるのは、お前にじゃない」

そこまで言うと、ダンフィード卿と私の目がまっすぐ合った。

「聖女・ララーが風邪《かぜ》を引いたぞ」

疑わしげな彼の声の矛先《ほこさき》は、間違《まちが》いなく私だ。何が言いたいのかは大方察したけど、私にはまるで心当たりがない。

「ねぇシルヴェスト。もしかして貴方《あなた》、ララーさんに何かイタズラした？」

《僕《ぼく》知らないよ？》

隣《となり》でフワフワと浮《う》かんでいるシルヴェストに尋ねると、彼の目が言い逃《のが》れできないくらい不自然に泳いだ。

あぁ、間違いなくまた何かしている。

「まったくもう。『イタズラしちゃダメよ』って言ったじゃないの」

《……別に、僕だけじゃないもん》

いじけたような自白を得て、私は小さくため息を吐《は》いた。

共犯は、おそらくブリザだろう。流石《さすが》に命に係《かか》わるような事はしていないと思うけど、本当に困った子たちである。

少しお説教が必要かもしれない。そう思い再び口を開こうとしたところで、扉の方が急に騒《さわ》がしくなった。

《だから、あんな場所に氷を作ったら、誰かがぶつかるかもしれないだろ！》

《でもあの場所が、今日の天気と気温だと一番よかったんだもん……》
《だもん、じゃない！　ダメなものはダメだ！》
《えー……あ、アディーテ！　聞いてよ、イリーが酷《ひど》いんだよぉぉぉぉ!!》
私の姿を見つけた途端《とたん》に、ブリザが私の顔面を目掛《めが》けて突撃してきた。
ペトッと顔の上半分に引っ付いて、いつものようにヨジヨジと頭に登っていく。閉じた視界はすぐに開けたけど、目の前に広がった光景の刺激《しげき》の強さに、私は思わず噴《ふ》き出した。
ダンフィード卿の頭の上に、何故か丸くて赤い鳥が乗っている。
しかもそれが、ダンフィード卿の短髪《たんぱつ》が鳥の巣に見えてくるくらいには、非常に絵になっている。
しかし、似合っているのはあくまでも『ダンフィード卿の頭が、イリーに』だ。ダンフィード卿にイリーが似合っている訳ではない。
丸いフォルムの可愛《かわい》らしい鳥は、私が噴き出した瞬間に眉間の皺を一層深くしたダンフィード卿には、もちろん似合っていなくて。
「何だ、貴様」

「何でも、ありませ、ん。ふふっ、いえ本当に」

笑いをこらえるのは難しかった。イリーがホクホク顔で「何だここ、心地《ここち》いいな」と言っているのだから、尚の事である。

《精霊は、基本的に同じ性質を持ったモノに惹《ひ》かれる。それは例えば魔法適性だったり、性格だったりするんだけど……この騎士の場合、頑固《がんこ》なまでの意思かもね》

なるほど。たしかに、自分が被《かぶ》る大変さを度外視してでも、心配事に軒並《のきな》み首を突っ込《こ》みにいくイリーと、たとえ相手とぶつかっても自分の信念を曲げないダンフィード卿。自分で「大切だ」と定めたら決して引かないその姿勢は、とてもよく似ている。

《そんなにそこがいいんなら、イリーはそいつの部屋で寝泊《ねとま》りすれば？　毎朝お目付け役として、ブリザのところに出勤してくる感じにしてさ》

シルヴェストの提案に、イリーが「うーん」と真剣《しんけん》に悩《なや》み始めた。

ダンフィード卿に迷惑を掛《か》けないのなら、イリーがしたいようにすればいい。私がそう思ったところで、シルヴェストがツンと口を尖《とが》らせた。

《そうじゃなくてもブリザが来てから僕に構ってくれる時間が減ったのに、これ以上減っちゃったら困るからね》

まさかそんな理由で提案した事だとは思いもよらず、一瞬キョトンとしてしまった。

次にこみ上げてきたのは、笑い。あまりにも可愛い焼きもちに、微笑《ほほえ》ましくて堪らない。
（ねぇシルヴェスト、私がこれまで一番時間を共有しているのは誰だと思う？）
笑いながらそう尋ねると、彼は即答《そくとう》で声を上げる。
《そんなの僕に決まってる！》
（じゃあ、私の一番の友人は？）
《僕！》
（これから私と一番長く一緒《いっしょ》にいてくれるのは？）
《僕!!》
（じゃあ早く機嫌を直してほしいなぁ。そうしたら私も気持ちよく、ちょうどこの前殿下の差し入れ本で読んだ『ヘッドスパ』っていうのをしてあげられるんだけど）
どう？　と彼に聞いてみれば、彼の顔がパァーッと華《はな》やいだ。
《新しい毛づくろい?!》
（うん）
《機嫌直った!!》
（じゃあ部屋に帰ってからね）
単純で現金で、可愛い友人。そんな彼と今日も一緒にいられる私は、多分この世で一番幸せである。

あとがき

第二巻、楽しんでいただけましたでしょうか。こんにちは、作者の野菜ばたけです。
自身初の二巻目の発売、無事に刊行できた事に喜びでいっぱいです。

さて、二巻の本作では、新たに二人（一人と一匹）のキャラクターが加わりました。
巻頭からエンジンブルスロットルなコトと、巻末近くまで登場を引っ張りに引っ張った精霊のイリー。登場の仕方も対極ならば、自分のやりたい事に素直すぎるくらい素直なコトと、他の精霊が起こす厄介事に首を突っ込んで回るイリーという、動き出しのトリガーも対極な子たちの参入です。

そんな彼女たちの共通点は、どちらも、人間と精霊、それぞれの世界では変わり者に相当する子たちでありながら、周りの目に怯えて自身の本質を曲げたりしない、とても堂々とした子たちだという事です。

一巻の始めよりも少し成長し、自分に自信が持てるようになってきた主人公・アディーテ。彼女の周りを彩るのは、やはり彼女の成長を後押ししてくれる意志ある子たちであって欲しい。そういう思いから生まれた子たちです。

キャラクターデザインも、とても可愛く仕上げていただきました。

幼女風の白衣のお姉さんと、見るからにフワフワ、モフモフな鳥。コトの方はオーバーサイズの白衣に、イリーの方は最終的に眉間に深いしわを寄せた騎士・レグの頭上を定位置にしてちょうどいいボリューム感（ちょっとぽっちゃり）に、実は拘っていたりします。

特に最初の口絵（カラー絵）のコトのキラキラの目なんて、ものすごくコトらしいと思いませんか？　どれも可愛いしカッコよく描いて頂いている事は間違いないですが、個人的には、あれが群を抜いてのお気に入りです。

イラストについては、口絵・挿絵共にそれぞれ一枚一枚に好きポイントがあるのですが、ここで語るにはあまりにも文字数が足りないので、割愛（笑）。皆さまも、せっかくなのでそれぞれの絵を、ぜひよく見てみてください。きっとそれぞれに『好きポイント』が見つかるのではないかなと思います。

最後になりましたが、今回も可愛いイラストに仕上げてくださったののまろ先生に、改めて感謝を。そして共に作品を育ててくださっている担当様方、本出版に携わってくださっている方には、大変お世話になりました。

そしてもちろん、本作を手に取ってくださった貴方。本シリーズを応援してくださっている方々、ありがとうございます。ネットでの励ましもファンレターも、ありがたく読ませて頂いております。

大変ありがたい事に、現在秋田書店様にてコミカライズ企画も進行中です。そちらも併せて、これからも『祝・聖女になれませんでした』シリーズを応援していただけると嬉しいです。

HJ NOVELS
HJN79-02

祝・聖女になれませんでした。2 このままステルスしたいのですが、
悪役顔と精霊に愛され体質のせいでやっぱり色々起こります

2024年5月19日　初版発行

著者——野菜ばたけ

発行者—松下大介
発行所—株式会社ホビージャパン
〒151-0053
東京都渋谷区代々木2-15-8
電話　03(5304)7604（編集）
03(5304)9112（営業）

印刷所——大日本印刷株式会社

装丁——小沼早苗（Gibbon）／株式会社エストール

ISBN978-4-7986-3538-5　C0076

ファンレター、作品のご感想お待ちしております

〒151−0053　東京都渋谷区代々木2−15−8
(株)ホビージャパン HJノベルス編集部 気付
野菜ばたけ 先生／ののまろ 先生

アンケートはWeb上にて受け付けております（PC／スマホ）

https://questant.jp/q/hjnovels

- 一部対応していない端末があります。
- サイトへのアクセスにかかる通信費はご負担ください。
- 中学生以下の方は、保護者の了承を得てからご回答ください。
- ご回答頂けた方の中から抽選で毎月10名様に、HJノベルスオリジナルグッズをお贈りいたします。